Un pasado por descubrir
Sarah M. Anderson

D1225570

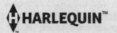

Editado por Harlequin Ibérica.
Una división de HarperCollins Ibérica, S.A.
Núñez de Balboa, 56
28001 Madrid

I.S.B.N.: 978-84-9170-456-0
Depósito legal: M-28128-2017
Impresión en CPI (Barcelona)
Fecha impresion para Argentina: 19.6.18
Distribuidor exclusivo para España: LOGISTA
Distribuidores para México: CODIPLYRSA y Despacho Flores
Distribuidores para Argentina: Interior, DGP, S.A. Alvarado 2118.
Cap. Fed./Buenos Aires y Gran Buenos Aires, VACCARO HNOS.

Capítulo Uno

Una vieja campanilla tintineó cuando Natalie Baker abrió la puerta de la tienda de piensos y suministros de Firestone. Al ver la porquería que caía, confió en que no le manchara la falda. Excepto por las ramas de pino y acebo que colgaban en las ventanas, la tienda parecía una extensión de pastizal. Estaba muy lejos del centro de Dénver.

–¿Necesita ayuda? –preguntó un hombre con tirantes encima de una camisa de franela desde el otro lado del mostrador.

Los ojos se le abrieron como platos al fijarse en sus tacones de doce centímetros y en sus piernas. Cuando acabó de recorrer el impecable atuendo con la mirada, también se le había abierto la boca. Solo le faltaba una paja de hierba entre los labios.

–Hola –dijo Natalie con su mejor voz televisiva–. Sí, me vendría bien un poco de ayuda.

–¿Se ha perdido?

Al ver que la miraba de nuevo, no pudo evitar preguntarse si aquel hombre habría visto antes a una mujer con tacones. Si por ella fuera, no estaría allí.

–Parece que se ha perdido. Le diré cómo volver a Dénver. Gire a la izquierda al salir del aparcamiento y…

Lo miró por encima de las pestañas, fingiendo recato. Él levantó las cejas. Estupendo, era un hombre maleable.

–Lo cierto es que estoy buscando a alguien. A lo mejor lo conoce.

El viejo sacó pecho, orgulloso. Perfecto.

Estaba buscando a alguien, eso era cierto. Sabía que Isabel Santino se había casado con un ranchero de la zona llamado Patrick Wesley en la pequeña ciudad ganadera de Firestone, en el estado de Colorado. Después de meses de búsqueda, había dado con el certificado de matrimonio en el registro civil del condado.

Ese era el tiempo que hacía que los bastardos Beaumont se habían dado a conocer en público, allá por el mes de septiembre. Zeb Richards era el mayor de los hijos ilegítimos de Hardwick Beaumont. Según los rumores, a través de acuerdos turbios que bordeaban la legalidad y la ética, se había hecho con el control de la cervecera Beaumont. Cuando Richards había dado a conocer la operación en una rueda de prensa, lo había hecho teniendo a su lado a otro de los hijos bastardos de Hardwick, Daniel Lee. Los dos hermanos dirigían en la actualidad la cervecera y, de acuerdo al último informe trimestral, su cuota de mercado había aumentado en un dieciocho por ciento.

Pero había más. En aquella rueda de prensa, después de que Natalie le dedicara su mejor sonrisa, Richards había cometido el error de admitir que había un tercer bastardo. No había conseguido sacarle más información, pero con eso había sido suficiente.

Los bastardos Beaumont era un tema que interesaba mucho. El programa de Natalie, *De buena mañana con Natalie Baker*, llevaba meses exprimiendo el drama de la familia Beaumont. Durante una temporada, había sido sencillo. Zeb Richards se había hecho cargo de la cervecera y, al poco, había dejado embarazada a la maestra cervecera. Al parecer, se había enamorado de Casey Johnson o, al menos, eso era lo que pretendían hacer creer al público. Se les había visto en partidos de béisbol y, por supuesto, en su boda. Solo con eso, la cuota de pantalla había aumentado en doce puntos durante el otoño.

Pero ya era diciembre. Richards y su nueva esposa habían dejado de ser noticia y no habría interés en ellos hasta que no naciera su hijo. Para eso, quedaban al menos seis meses, y Natalie no podía permitir que sus índices de audiencia bajaran.

Había intentado indagar en el pasado de Daniel Lee, pero había resultado imposible encontrar nada. Era como si hubiera desaparecido de los registros públicos. Lo único que se sabía de él era que había dirigido campañas políticas hasta hacía unos años. Tenía fama de jugar sucio, suponía que como todos los Beaumont, pero todas las preguntas que Natalie había hecho sobre Lee se habían encontrado con el silencio por respuesta.

Solo le quedaba una opción: investigar sobre el misterioso tercer bastardo. Todo un reto, porque nadie sabía nada de aquel hombre excepto que existía.

Natalie necesitaba aquella historia para su programa, porque sin ella ¿qué tenía?

–Bueno, conozco a casi todo el mundo de por aquí. Seguro que podré ayudarla –dijo el viejo–. ¿A quién está buscando?

–Creo que se llama Carlos Julián Santino, aunque puede que use el apellido Wesley –dijo haciéndole ojitos al hombre–. ¿Sabe dónde podría encontrarlo?

La sonrisa del viejo se congeló y ya no parecía tan amigable.

–¿Quién? –preguntó después de unos segundos.

Aquel silencio le dijo muchas cosas. Parecía claro que el dueño de aquella tienda de suministros sabía muy bien de quién estaba hablando, pero no estaba dispuesto a contarle nada. Interesante. Aquello era la prueba de que se estaba acercando.

–Su madre se llamaba Isabel, aunque parece ser que era conocida como Isabella.

–Lo siento, señorita, pero no conozco a nadie con esos nombres.

–¿Está seguro? –preguntó, haciendo otra de sus caídas de párpados–. Quizá si se toma su tiempo, recuerde algo.

Las mejillas del viejo enrojecieron.

–No puedo ayudarla –gruñó, dando un paso atrás–. ¿Necesita comida para gato, para perro, para caballo?

Estaba cerca, podía sentirlo, pero se le había ido la mano. Una voz en su cabeza le susurró que no iba a conseguirlo. Trató de ignorarla, pero era persistente, como siempre. Necesitaba encontrar a Carlos Julián Santino. *De buena mañana* era todo lo que tenía y no podía permitir que la falta de cotilleos la hundiera. No iba a descubrir nada más en aquel comercio. Quizá hubiera una cafetería o un restaurante en aquella ciudad. Había empezado por allí porque, por lo que sabía, Patrick Wesley era dueño de un rancho en el que su familia criaba ganado y, claro, el ganado debía comer. Ni siquiera estaba segura de que la Isabel Santino que se había casado con Patrick Wesley fuera la misma Isabel Santino del certificado de nacimiento del centro médico Swedish. En el certificado de matrimonio no se mencionaba ningún hijo y, a pesar de que lo había intentado, Natalie no había sido capaz de encontrar ningún documento de adopción que vinculara a Patrick Wesley y a Carlos Julián Santino.

Podía haberse equivocado, pero a la vista de la reacción del dueño de la tienda de suministros parecía que no.

Sacó una tarjeta del bolsillo de su abrigo y volvió a esbozar su sonrisa triunfal para disimular la decepción.

—Bueno, si se entera de algo, llámeme —dijo deslizando la tarjeta sobre el mostrador.

El hombre no la recogió, y se quedó allí sobre la suciedad. Se volvió para marcharse, a tiempo de toparse con un cowboy alto, moreno y muy guapo.

—¡Vaya! —exclamó, con una mano en el pecho—. No le había visto.

El rostro del cowboy estaba oculto bajo la sombra del ala de su sombrero negro, pero sabía que la estaba mirando. ¿Habría estado allí todo el tiempo? Habría sido más fácil flirtear con él si no la hubiera visto flirtear con el viejo.

Por supuesto que habría sido más fácil flirtear con él. Aunque llevaba una chaqueta gruesa de borrego, debajo se adivinaba la anchura de sus hombros. No parecía que quisiera hacerse pasar por un cowboy. Parecía un hombre acostumbrado a trabajar a diario con las manos. ¿Qué clase de músculos habría debajo de aquella chaqueta?

–¿A quién está buscando? –preguntó, con voz grave y profunda y un tono ligeramente amenazador.

La recorrió un estremecimiento que nada tenía que ver con el frío. Bajó la mirada hasta las manos del cowboy, que descansaban en sus caderas. Cielo Santo, vaya manos. Grandes y ásperas, eran las manos de un hombre trabajador. ¿Cómo se sentirían aquellas manos sobre su piel? Su cuerpo se puso rígido al imaginar sus manos deslizándose por sus pechos y trazando círculos sobre sus pezones.

Podría divertirse mucho con un cowboy así. Si no hubiera tenido público, le habría dicho que lo estaba buscando a él.

Pero tenía público y una pista que investigar, así que esbozó una sonrisa seductora.

–¿Ha oído alguna vez hablar de Isabel Santino o Carlos Santino?

Su reacción al oír aquellos nombres fue muy sutil, pero un músculo del mentón se le contrajo.

Echó la cabeza ligeramente hacia atrás, no tanto como para que le viera los ojos pero sí lo suficiente como para que se diera cuenta de que la estaba mirando de arriba abajo. Ella echó los hombros hacia delante y adelantó una cadera, su pose Marilyn Monroe. Por lo general, le resultaba muy efectiva.

Aquel no era su día. No consiguió nada del cowboy. Parecía sacado de una fantasía, pero era evidente que no iba a colaborar.

—Coincido con Wilmer. No he oído nunca hablar de esas personas, no deben de ser de aquí. Esto es un pueblo pequeño.

—¿Y Wesley?

De nuevo, aquel músculo en su mentón se movió.

—¿Pat Wesley? Claro, todo el mundo conoce a Pat —dijo bajando la cabeza de nuevo, y su rostro volvió a quedar completamente oculto bajo la sombra—. Pero no es de aquí.

Con tanta sonrisa, las mejillas empezaban a dolerle.

—¿Dónde está?

Había hecho la pregunta con tono sensual, pero los labios del cowboy se arquearon. ¿Se estaría riendo de ella?

El hombre apoyó un codo en un montón de sacos de comida. No era su tipo, pero había algo tan atrayente en aquel cowboy que no podía apartar la mirada.

—¿Por qué quiere saberlo? Pat es un ganadero que lleva toda la vida viviendo aquí. Lo cierto es que no hay mucho que contar.

Aquel cowboy no la estaba tomando en serio ni se dejaba impresionar por sus encantos. Y peor aún, no le estaba dando nada que pudiera usar. Los ganaderos callados y discretos no daban titulares.

–¿Sabe si tiene un hijo adoptado?

Sabía que Carlos Julián Santino tenía treinta y cuatro años. No sabía cuántos años tendría aquel cowboy. Era imposible saberlo teniendo el rostro oculto bajo la sombra.

De nuevo, aquel temblor en su mentón.

–Le aseguro que no.

¿Y si estaba equivocada?

«Claro que estás equivocada», la reprendió una voz en su cabeza.

Era una tontería haber pensado que podría encontrar al hombre con el que nadie daba. Estaba siendo ridícula al poner todos sus sueños y esperanzas de conseguir un récord de audiencia y ganar fama y fortuna con los Beaumont y su puñado de atractivos bastardos.

Se tragó aquella amarga desilusión. Inesperadamente, el cowboy ladeó la cabeza, permitiendo que un haz de luz iluminara sus rasgos. Era una lástima que no se mostrara más dispuesto o interesado, porque era sencillamente imponente. Tenía un mentón marcado con barba de dos semanas y deseó acariciar su rostro, además de otras partes. ¿De qué color eran sus ojos?

No, no debería preocuparse de los ojos de aquel tipo. Debería concentrarse en su objetivo: encontrar al bastardo desconocido de los Beaumont. ¿Cómo serían sus ojos? ¿Oscuros, claros? Los ojos de Zeb Richards eran de un intenso color verde, algo que destacaba en un hombre negro. No sabía si los ojos de Carlos Santino serían claros u oscuros.

Aun así, quería saber cómo eran los ojos de aquel cowboy. ¿Descubriría algo en ellos? Si pudiera estudiar sus ojos, ¿vería recelo o interés?

Volvió a bajar la cabeza, ocultando de nuevo su rostro con la sombra. Vaya, aquel no era su día de suerte. Aquel hombre era inmune a sus encantos y no podía pasarse todo el día en la tienda de piensos. Quizá no fuera muy espabilada, pero sabía cuándo darse por vencida. Sacó otra tarjeta y se la tendió al cowboy.

–Si se entera de algo, se lo agradecería.

El hombre no aceptó la tarjeta.

–Ya imagino, señorita Baker.

Dio un paso hacia ella y Natalie se puso rígida. ¿Sabía quién era? ¿Sería un espectador, tal vez un admirador? ¿O sería uno de aquellos troles anónimos de internet que le ponían la piel de gallina solo con intentar llamar su atención? Porque cuando la insultaban, había alguien prestando atención, aunque solo fuera para despreciarla.

La rebasó rodeándola, manteniendo una amplia distancia con ella para que no hubiera ningún roce accidental. Luego se acercó al mostrador y se apoyó en él, ladeando su cuerpo hacia Wilmer.

Su lenguaje corporal estaba claro. Eran ellos contra ella.

Hizo lo que siempre hacía cuando se sentía insegura, poner tierra de por medio. Se irguió de hombros y volvió a esbozar la mejor de sus sonrisas.

—Caballeros…

Y con la cabeza bien alta, salió de la tienda de piensos y suministros de Firestone, dispuesta a pensar en el siguiente paso.

—¿De qué demonios iba todo eso? —preguntó Wilmer rascándose la coronilla.

C.J. Wesley siguió mirando a la mujer a través de las mugrientas ventanas de la tienda. Se había parado en el escalón de entrada, seguramente decidiendo qué hacer a continuación. Natalie Baker era más guapa en persona que en la televisión. Y aquel atuendo…

Sabía que su ropa formaba parte de su actuación. Ninguna persona en su sano juicio iría en coche hasta las colinas del norte de Colorado, en pleno mes de diciembre, con una falda negra estrecha que debía de abrigar lo mismo que un bañador. Entre la falda y aquellos tacones con los que impresionaba verla caminar, había unas piernas dignas de poesía.

C.J. carraspeó. Ni era poeta ni estaba interesado en Natalie Baker. La observó bajar los escalones lentamente y dirigirse a un coche rojo descapotable, un Mustang. ¿Acaso había un coche más inapropiado para ir a Colorado en diciembre?

Claro que todo en Natalie Baker resultaba inadecuado, desde su bonito escote hasta sus falsas sonrisas, pasando por aquellas preguntas.

–Ni idea –mintió C.J.

–Es de esa gente de la televisión –dijo Wilmer.

C.J. se preguntó cómo lo sabría Wilmer. No era un tipo al que le interesasen los programas matinales. Cualquiera que viera esos programas, reconocería de inmediato a Natalie Baker. Informaba de la actualidad social de Dénver. Si un deportista engañaba a su esposa, una actriz se enamoraba o un multimillonario era padre de un montón de bastardos, allí estaba Natalie Baker.

C.J. sabía que Natalie Baker era una mujer hermosa. Su rostro le sonreía todas las mañanas desde la pantalla. En la vida real, no solo era más guapa, también más delicada. Claro que eso podía deberse a la contraposición de su ropa cara y su perfecto maquillaje con la suciedad de la tienda de piensos.

Wilmer esperó a que el coche se perdiera de vista para hablar.

–¿Qué quieren esos de la tele de tu padre?

–No tengo ni idea –mintió C.J. de nuevo.

Sabía perfectamente por qué Natalie Baker estaba allí. No tenía nada que ver con su padre, Patrick Wesley, y sí con Hardwick Beaumont.

C.J. sacudió la cabeza, confiando en que Wilmer lo interpretara como confusión.

–Mi padre ni siquiera está aquí –le recordó a Wilmer.

Porque si había algo que C.J. sabía muy bien era que todos los cotilleos del pueblo pasaban por

Wilmer. Tenía que asegurarse de que Wilmer tuviera su versión de los hechos antes de que alguien empezara a hacer indagaciones.

–Ya sabes que el pobre hombre no ha hecho nada escandaloso en su vida.

Por suerte, Pat Wesley había vivido en Firestone los cincuenta y seis años de su vida. Todo el mundo estaba convencido de que lo sabía todo de él y nunca había habido ni un solo escándalo. Era la tercera generación de Wesley que criaba ganado en aquellas tierras. C.J. pertenecía a la cuarta. Lo más raro que Patrick Wesley había hecho había sido casarse con una mujer llamada Bell que había conocido mientras estaba en el Ejército en vez de con su novia de toda la vida del instituto. Pero de eso hacía más de treinta y tres años.

C.J. sabía lo aburrido que era su padre. Patrick Wesley era un buen hombre y un buen padre, pero su idea de divertirse un viernes por la noche era conducir hasta el pueblo vecino, cenar en Cracker Barrel, volver a casa a las ocho y acabar roncando en su butaca antes de las ocho y media. ¿Responsable? Sí. ¿Fiable? Completamente.

¿De interés para la prensa? Ni lo más mínimo.

C.J. no sabía qué le molestaba más de la repentina aparición de Natalie Baker haciendo preguntas, si que la gente con la que se había criado descubriera algún día que no era hijo de Pat o que, una vez que lo supieran, trataran a Pat y Bell Wesley de manera diferente.

Sabía quién era Natalie. Era difícil no fijarse en

ella. Su bello rostro aparecía en la televisión todas las mañanas a las siete y media. A C.J. no le gustaba su programa. Demasiados cotilleos e insinuaciones sobre famosos. Pero también parecía que siempre era la primera en enterarse de todo lo relacionado con los Beaumont. C.J. no tenía un interés especial en ellos. Ni siquiera le gustaba su cerveza. Pero le gustaba estar informado y eso suponía ver *De buena mañana con Natalie Baker* la mayoría de los días.

Tampoco lo veía por ella. Sí, era guapa en pantalla e impresionante en la vida real. Pero eso no tenía nada que ver. Prefería la información del tiempo de ese canal y no la de los otros. Así que solo veía su programa por casualidad.

—Lo sé —dijo Wilmer tirando de sus tirantes—. Nada de lo que ha dicho tiene sentido. Me refiero a que no eres adoptado.

C.J. forzó una sonrisa.

—Al menos, eso es lo que me han dicho —afirmó en tono jocoso—. Es evidente que se equivocan de Wesley.

Era un alivio ver sonreír a Wilmer. El viejo asintió y C.J. aprovechó la pausa para preguntarle por los últimos suplementos para caballos. A pesar de que Wilmer disfrutara con los cotilleos, el viejo no iba a perder la oportunidad de vender suplementos alimenticios.

A C.J. no le hacían falta los suplementos, pero era un pequeño precio que debía pagar para distraer a Wilmer de aquella Natalie Baker. Cuando terminó de hacer su habitual pedido, en el que incluyó una muestra de los suplementos, se dirigió a su camioneta.

Iba a tener que contárselo a su madre, que siempre había temido que llegara el día en que los Beaumont fueran a por él. Conocía todas las historias y hacía años que seguía las noticias. Sabía que Hardwick Beaumont había muerto y no le importaba lo más mínimo. No consideraba a aquel hombre su padre, ni siquiera biológico. Hardwick no había sido más que un donante de esperma. Patrick Wesley era su padre en todos los sentidos.

Aquello iba a disgustar a su madre. Después de la muerte de Hardwick, se había relajado, aunque para entonces, C.J. ya tenía veintiún años y sabía arreglárselas solo. Pero Bell Wesley había vivido tanto tiempo con el temor de que Hardwick apareciera para llevarse a su hijo, que preocuparse se había convertido en un hábito para ella. Era uno de los motivos por los que sus padres pasaban el invierno en Arizona. Los canales de televisión de Dénver se saturaban de anuncios navideños de la cervecera Beaumont durante esa época, y siempre la disgustaban. Su padre odiaba cuando su madre estaba disgustada.

C.J. siempre los había echado de menos en Navidad, pero, por otra parte, se alegraba de quedarse solo en casa. Cuando regresaban de pasar el invierno en Arizona, todos estaban felices y relajados, y las cosas iban bien.

En aquel momento, se alegró más que nunca de que estuvieran en Arizona. Si Natalie Baker daba con su madre y empezaba a hacer preguntas, acabaría teniendo un ataque de nervios.

Atravesó el pueblo conduciendo lentamente, manteniendo los ojos bien abiertos, y vio el Mustang rojo aparcado frente a la cafetería.

Estaba convencido de que volvería a saber de aquella mujer. Aunque a Isabel la conocieran como Bell y hubiera conseguido ocultar su origen hispano, no era difícil relacionar Carlos Julián con C.J.

Era cuestión de tiempo que se descubriera que era uno de los bastardos Beaumont.

Capítulo Dos

Natalie sería muchas cosas, pero nadie podía negar que no fuera persistente. Incluso su padre habría reconocido que nunca se daba por vencida. Quizá esa fuera la única lección valiosa que había aprendido de él.

Sintió un escalofrío en el coche y subió la calefacción un poco más, pero no sirvió de nada. Soplaba un fuerte viento que parecía venir del norte, por lo que iba a ser imposible que su Mustang se mantuviera caldeado.

Durante las tres últimas semanas había visitado con frecuencia Firestone, haciendo amigos entre sus habitantes y tratando de obtener información sobre Patrick Wesley y su familia. No había sido fácil. Para empezar, el café de la cafetería era horrible. Además, todo el pueblo parecía haber cerrado filas, como aquel guapo cowboy y el dueño de la tienda de piensos.

Aun así, era suficientemente guapa y famosa como para atraer la curiosidad de algunos de sus habitantes, y sabía muy bien cómo usar sus armas. Había pasado semanas coqueteando y sonriendo a hombres que se mostraban encantados de que una mujer joven les prestara atención.

Pero se habían dado cuenta de sus intenciones. Al final, no había sido uno de los más viejos el que había metido la pata, sino un joven fanfarrón de veintitantos años. Había sido la única amenaza real con la que se había encontrado. Los viejos nunca llegarían al final con sus insinuaciones, motivo por el que era más seguro desplegar sus armas con ellos. Por fin había dado con lo que buscaba. Al parecer, Pat Wesley, que en opinión de sus vecinos era un santo, tenía un hijo. Eso en sí no era algo extraño. Pero su hijo se llamaba C.J.

Carlos Julián Santino tenía que ser C.J. Wesley. No había otra alternativa.

Se frotó los brazos por encima del abrigo. Llevaba media hora sentada frente a la casa de los Wesley y no sabía cuánto tiempo más podría soportarlo. Hacía mucho frío.

No dejaba de repetirse las preguntas que le haría a aquel tal Wesley. Quizá fuera el frío el que no la dejaba pensar con claridad, porque no dejaba de recordar a aquel alto y moreno cowboy de la tienda de piensos.

A pesar de que había pasado mucho tiempo en Firestone durante las últimas tres semanas, no había vuelto a verlo. Tampoco había estado buscándolo. Había dejado muy clara su postura, no estaba dispuesto a ayudarla. Ella, por su parte, no podía perder el tiempo. Pero eso no había evitado que dejara de pensar en él. Era difícil borrarlo de su cabeza después de haberse imaginado despojándolo de su chaquetón de borrego y de su sombrero.

Llevaba semanas despertándose con una sensación de frustración, y todo por un cowboy con un fuerte carácter.

¿Cómo serían sus ojos? ¿Vería su programa? ¿Pensaría en ella alguna vez?

Sin dejar de dar vueltas a aquellos pensamientos, se puso a leer mensajes en Twitter. Su último comentario acerca de la gran exclusiva que daría en el programa del día siguiente solo había sido reenviado cuatro veces. Tampoco en Instagram el seguimiento había sido mayor.

Sintió que el pecho se le encogía. Aquella sensación, que no tenía nada que ver con el frío, llevaba semanas acompañándola. Si no le prestaban atención, dejarían de seguirla.

Su teléfono emitió un sonido al recibir un mensaje. Era de Steve, su productor.

¿Tienes algo ya?

Natalie respiró hondo.

En ello estoy.

Han llegado los últimos datos. Estás perdiendo audiencia. Si no consigues remontar, le voy a dar tu sección a Kevin.

La presión de su pecho aumentó tanto que le costaba respirar. No podía esperar a que naciera el siguiente Beaumont. Necesitaba encontrar a Carlos Julián Santino o a C.J. Wesley, o a como quiera que se llamara, y tenía que hacerlo cuanto antes. No podía permitir que Kevin Durante se hiciera con su sección. Lo único bueno que tenía Kevin era el pelo. Era un tipo aburrido, previsible y, por desgracia, daba lo suficientemente bien en televisión como para conducir un programa matutino. Prefería romperse una pierna a dejar que Kevin se hiciera con su programa.

No te preocupes. Seguimos en contacto. Contestó.

Hubo una larga y agobiante pausa antes de que Steve contestara.

Baker, espero que no te equivoques en esto.

No te fallaré. Escribió, confiando en que sonara más segura de lo que se sentía.

Steve estaba perdiendo la paciencia con ella. Si *Dénver por la mañana* le comía terreno, se quedaría sin empleo y sin programa, y el público dejaría de tener interés en ella. La seguridad del empleo de Steve residía en superar la audiencia de Dénver por la mañana. Sabía muy bien que no estaba dispuesto a hundirse con ella en el barco. La sustituiría en un abrir y cerrar de ojos por Kevin en cuanto lo estimara oportuno.

Así que permaneció sentada bajo el gélido frío frente a la entrada de la casa de los Wesley, esperando. La casa estaba a oscuras y había llamado a todas las puertas que había visto al llegar. Estaba todo lo segura que podía estar sin entrar en la casa de que no había nadie dentro.

Había decidido esperar diez minutos más y, si nadie aparecía, volvería a la cafetería. El café podía ser horrible, pero al menos se estaba caliente. Y quizá, el malhumorado cowboy apareciera.

Pasó los siguientes diez minutos entretenida con Twitter, Instagram y Facebook, tratando de contener la creciente sensación de pánico por la falta de seguimiento de sus mensajes y comentarios. Era evidente que no habían sido lo suficientemente impactantes. Desesperada, escribió: *Corren rumores de que Matthew y su esposa, la antigua estrella juvenil Whitney Wildz, están esperando un hijo. Pero ¿es realmente suyo el bebé?*

Un sentimiento de culpabilidad se apoderó de ella ante aquella mentira y tuvo que recordarse que había un gran interés público por los Beaumont, y así eran las reglas del juego. Además, si había alguien capaz de soportar aquel tira y afloja, ese era el genio de las relaciones públicas, Matthew Beaumont. Los Beaumont deberían de estarle agradecida. Después de todo, era una manera de darles publicidad y ayudarles a vender cerveza.

Conteniendo aquella sensación de culpabilidad, publicó aquel rumor. En cuanto empezaron a aparecer comentarios, la presión de su pecho fue desapareciendo. Aquello estaba mejor. En una ocasión, un psicólogo le había dicho que su necesidad de sentirse aceptada no era sana y que debería aceptarse como era. Natalie había decidido no volver a aquel psicólogo nunca más.

Estaba muerta de frío. Dejó el teléfono y acababa de meter la marcha atrás cuando lo vio. Una camioneta que le resultó familiar se detuvo detrás de ella. No estaba de humor para morir congelada en medio de la nada.

Vaya, si era aquel conocido cowboy alto, moreno y guapo bajándose de su camioneta. Debería habérselo imaginado. El cowboy del sombrero negro que había visto en la tienda de piensos no era otro que Carlos Julián Santino Beaumont Wesley. Aquel ligero movimiento de su mentón lo había descubierto. Había estado muy cerca de la verdad, ¿por qué no se había dado cuenta?

Al verlo, su corazón perdió un latido. No sabía si se debía a que él era el hombre que había estado buscando para no perder su puesto de trabajo o si era porque se alegraba de verlo.

Aquello era ridículo. No se alegraba de verlo y no había ninguna duda de que él mucho menos. Incluso a distancia, podía ver que tenía el ceño fruncido. Esperó a que cerrara la puerta de su camioneta antes de abrir la suya. Lentamente sacó las piernas, dejando que la falda se le subiera un poco y le dejara al descubierto un muslo.

–Vaya, nos encontramos de nuevo.

–¿Qué demonios está haciendo aquí?

Estaba enfadado, pero no estaba dispuesta a dejarse amilanar.

–Creo que es a usted al que he estado buscando, señor Santino. ¿O debería llamarle señor Beaumont?

Estaba desafiando a su suerte y lo sabía. Se notaba que bullía de rabia y por mucha pierna que le enseñara no iba a calmarse. Si hubiera adivinado que el hombre al que estaba buscando era el cowboy de la tienda de piensos, se habría puesto pantalones a la vista de que no estaba interesado en su cuerpo.

–Me apellido Wesley –dijo apretando los dientes.

–Si quiere, puedo seguirle la corriente. C.J. Wesley, ¿verdad?

Con dedos temblorosos, sacó su teléfono y abrió la aplicación de la cámara.

Lo siguiente que supo fue que tenía la mano vacía. Parpadeó y levantó la vista a tiempo de ver a Wesley guardándose su teléfono.

–Eh, devuélvamelo.

–No, no voy a hacerlo. Está en una propiedad privada, señorita Baker. Me está acosando. Estoy pensando en una buena razón para no llamar a Jim Bob y hacer que la arresten por acoso, allanamiento de propiedad privada y… –dijo mirándola de arriba abajo–, por pura estupidez. ¿Ha consultado la previsión meteorológica antes de venir? ¿Sabe que se espera una nevada esta noche? ¿Pero cómo se pone tacones y falda? Tiene suerte de no haberse congelado ya.

Se quedó mirándolo y, por un instante, se olvidó de adoptar una pose insinuante. La primera parte de lo que había dicho, acoso y allanamiento de propiedad privada, no le sorprendía. No era la primera vez que alguien se enfadaba con ella por eso.

Pero respecto a la segunda, a aquello acerca congelarse con la nevada… Estaba enfadado con ella, y seguramente con razón, pero a la vez le había parecido que estaba preocupado.

–Nuestro hombre del tiempo ha dicho que no nevará hasta mañana.

–Métase en el coche –dijo él bruscamente.

La fuerza de sus palabras la hicieron dar un paso atrás. O quizá fue el viento.

–¿Cómo? No. Está loco si piensa que me voy a ir sin mi teléfono.

El cowboy echó la cabeza hacia atrás y miró al cielo. Natalie reparó en que sus ojos eran marrones y no verdes como los de la mayoría de los Beaumont. La sombra del ala de su sombrero no le había permitido ver bien su rostro en la tienda de piensos. Todos los Beaumont tenían el mismo mentón. C.J. Wesley no era la excepción.

Estaba empezando a temblar y miró con envidia su pelliza de piel de borrego.

–Mire –comenzó–, estoy segura de que hay algo que…

–Señorita Baker –la interrumpió–, métase en el coche y póngase en marcha. La tormenta se acerca –dijo sacando unas bolsas con provisiones de la parte trasera de la camioneta–. Y no voy a darle el teléfono. Estoy dispuesto a hacerlo trizas antes que permitir que me haga fotos y las publique por ahí. Mi vida no está en venta –añadió mirando al cielo.

Pasó a su lado, demasiado deprisa como para poder arrebatarle el teléfono del bolsillo. Luego, lo vio dejar las bolsas en el porche y buscar las llaves.

Natalie se quedó mirándolo.

–No me voy a ir sin mi teléfono.

Toda su vida estaba en ese teléfono, su conexión con el mundo. Sin él, no tenía nada.

Después de abrir la puerta, se detuvo y se volvió hacia ella.

–Como no se vaya ahora mismo, no podrá salir de aquí –dijo señalando al cielo.

A regañadientes, Natalie se volvió en la dirección del viento. Soplaba con tanta fuerza que apenas podía mantener los ojos abiertos. Por fin entendió lo que le estaba diciendo. No era el cielo gris lo que había alterado los colores del paisaje, sino una enorme nube que se acercaba a toda prisa y que estaba borrando el paisaje. Parecía tener vida propia. No se había percatado porque había estado muy ocupada mirando su teléfono y luego a él. Era evidente que tenía la tormenta encima y que estaba perdida.

Por primera vez sintió miedo. No la habitual ansiedad con la que lidiaba a diario. Esta vez era un temor real. Las tormentas en Dénver eran noticia, pero siempre había máquinas quitanieves y farmacias abiertas las veinticuatro horas. También había palas y aceras y, más pronto que tarde, podían salir y desplazarse por la ciudad.

Pero en aquel momento estaba en medio de la nada con una tormenta de nieve a punto de caer. Teniendo en cuenta que ya estaba medio congelada, no haría falta demasiado para acabar con ella.

No supo cuánto tiempo permaneció allí, mirando la nube. Cuanto más deprisa se acercaba la tormenta, más lento parecía ir el tiempo. De pronto se encontró en mitad de un frente de viento y lluvia. Trató de gritar, pero el viento apagó los so-

nidos de su garganta. Su primer impulso fue enco-
gerse y protegerse con sus piernas casi desnudas,
pero sabía que debía moverse. Quedarse allí de pie
significaba morir, y no era una manera de hablar.

Dio un traspié hacia un lado, pero el viento volvió a empujarla. ¡Su coche! Miró a su alrededor y
no vio el Mustang. Todo estaba gris, y empezaron
a caer copos de nieve y a soplar un viento gélido.

De repente, sintió algo fuerte y cálido en la espalda. Unos brazos la tomaron por la cintura y la
levantaron del suelo. Wesley. Su primer impulso
fue soltarse, pero la sensación de calidez la hizo
desistir. Dejó que cargara con ella, confiando en
que supiera dónde la llevaba. Después de lo que
le pareció una hora y debió de ser un minuto, dis-
tinguió algo oscuro entre la nieve: la casa. Subió
con ella los escalones y la empujó hacia la puerta, tropezándose con las bolsas de las provisiones.
Cayó al suelo sobre su trasero con un ruido sordo,
aturdida, muerta de frío y mojada.

Levantó la vista y vio a Wesley afanado en cerrar
la puerta. Lo logró empujando con el hombro contra la fuerza del viento y, al instante, Natalie sintió
los diez grados más de temperatura.

—Gracias —masculló.

Los dientes le castañeteaban tanto que parecía
el sonido del aporreo de un teclado.

Wesley se acercó a ella con los brazos en jarras.
En algún momento había perdido su sombrero y,
por vez primera, podía ver completamente su rostro. Su pelo era moreno y su rostro bronceado.

Todavía tenía algunos copos de nieve en la barba. Natalie no podía parar de temblar, mientras que él permanecía imperturbable.

No le gustaba la manera en que la estaba mirando, como si se diera cuenta de lo inútil que se sentía. Así que sin parar de temblar, consiguió ponerse de pie a duras penas. Entonces se dio cuenta de que había perdido uno de sus zapatos, de Dolce & Gabbana.

–Gracias –repitió–. En cuanto entre en calor, me iré. Me gustaría que me devolviera mi teléfono, por favor. Prometo que no le haré fotos.

C.J. Wesley acababa de salvarle la vida. Estaba claro que no le caía bien, pero aun así, la había llevado a su casa y se sentía agradecida.

–No lo entiende, ¿verdad?

–¿Entender el qué?

–Ese descapotable suyo tiene tracción en las cuatro ruedas, ¿no?

–No.

Él suspiró y miró al techo.

–Como deje que se vaya ahora, suponiendo que sea capaz de meterse en el coche sin quedarse congelada antes con esa pinta –dijo señalando con la mano su ropa–, no podrá llegar a ninguna parte. Si consigue salir a la carretera, se quedará en una zanja y morirá de frío antes de que caiga la noche –añadió, y su mirada la hizo perder todo mecanismo de defensa–. Está atrapada aquí, señorita Baker. Se ha quedado atrapada aquí conmigo mientras dure la tormenta.

Capítulo Tres

–¿Cómo?

C.J. tuvo que contenerse para no dar un paso y limpiarle los copos de nieve de las pestañas. En aquel momento, parecía una princesa salida del hielo, la bruja buena de invierno. Si no tenía cuidado, podía acabar hechizándolo.

–No va a ir a ninguna parte.

Ella volvió a estremecerse y, esta vez, no estaba seguro de que fuera solo por el frío. Quizá debería haberla dejado fuera, de otra manera no iba a conseguir deshacerse de ella. Pero a pesar de aquel pensamiento, se sentía culpable. Todo parecía indicar que iba a pasar los siguientes días, incluyendo Navidad, con Natalie Baker. Aquella mujer no solo había descubierto su relación con Hardwick Beaumont, sino que quería utilizar esa información para... ¿Para qué? ¿Para aumentar su audiencia?

–Podría...

Se quedó mirando por la ventana y C.J. hizo lo mismo. Había una sólida masa gris fuera. Podía ser niebla, excepto por las pequeñas partículas de nieve y hielo que repiqueteaban en la ventana.

–No, no puede. No voy a permitir que salga ahí fuera a morir congelada.

es. ¿Cómo iba a mantenerla
si estaba allí, atrapada en su
mantener las manos apartadas
allí mismo, en su casa?

ado en eso. La había tomado en
br... había echado al hombro como si fuera un ...ícola arrastrándola a su cueva. Había
sentido su cuerpo frío, sí, pero a la vez ligero y...

–Probablemente se moriría de frío –continuó
él, tratando de volver al presente.

Porque el presente era una mujer mojada que
no estaba vestida para la ocasión. Tenía que hacer
que entrara en calor y, por la manera en que el
viento estaba soplando, no tenía mucho tiempo.

–Será mejor que se dé una ducha caliente mientras sigamos teniendo electricidad. Y si necesita
llamar a alguien para decirle que está bien, será
mejor que lo haga cuando antes –dijo, y al ver que
iba a replicar, la interrumpió–. Puede usar mi teléfono fijo.

Quería que se moviera o que, al menos, hiciera
algo, pero permaneció donde estaba, mirándolo
con una mezcla de confusión y ansiedad.

–¿Está siendo amable conmigo?

–No –contestó él rápidamente.

Era mentira y ambos lo sabían.

–Pero no quiero ser el culpable de su muerte.

–¡Vaya! –exclamó poniéndose seria.

Se la veía vulnerable y eso despertó algo en él.
Pero decidió ignorar aquella sensación porque no
quería pensar que era un idiota. Solo un idiota se

dejaría llevar por lo que fuera que Natalie Baker estaba pretendiendo. Había pasado semanas tratando de dar con él y había intentado utilizar su cuerpo como reclamo en más de una ocasión. Parecía haber decidido que ganaba más tocándole la fibra sensible que jugando con su sexualidad.

No iba a funcionar. Era inmune a la vulnerabilidad que estaba desplegando.

–¿A quién va a llamar?

No había pensado que fuera posible, pero aquella mujer parecía haber encogido aún más.

–Bueno, supongo que… –dijo, y se hizo una larga pausa–. Bueno, a nadie.

Se quedó mirándola fijamente.

–Se da cuenta de que posiblemente pase aquí el día de Navidad, ¿verdad?

Tenía que haber alguien que la echara de menos. Era una presentadora famosa de televisión. Alguien con tanto atractivo como Natalie Baker, si no tenía familia, al menos debía de tener amigos.

Ella sacudió la cabeza y luego intentó sonreír.

–No voy a mentir, esa ducha suena muy apetecible. Creo que nunca he pasado tanto frío.

C.J. volvió a reparar en su ropa. Se había quedado descalza y apenas le llegaba al hombro. Llevaba una falda corta y ajustada que asomaba bajo un chaquetón de color fucsia. Quizá no se había tomado en serio la previsión del tiempo o sencillamente fuera así de estúpida. O tal vez hubiera planeado quedarse allí atrapada con él.

De cualquier forma, estaba dispuesto a facilitarle ropa seca. Aquella falda no iba a mantenerla caliente ni aunque encendiera la chimenea.

–De acuerdo, pero… –dijo antes de que recorriera su casa–, estas son las reglas: me quedaré con su teléfono mientras esté aquí y usted apartará las narices de mi vida. Sepa que el camino hasta el pueblo se hace largo en estas condiciones.

No tenía intención de echarla, pero no iba a decírselo.

Por un segundo, la expresión de su rostro se volvió dura y pensó que iba a discutir. Pero justo entonces, el viento sonó contra la puerta y la vio palidecer. Natalie asintió.

–Entendido. Siento importunarle en Navidad.

Él puso los ojos en blanco.

–¿De veras?

No estaba bien dudar de su palabra. No pretendía ser amable con ella y eso le fastidiaba a pesar de que no debería ser así. Lo que más le molestaba era que tuviera el atrevimiento de mostrarse tan derrotada. Quizá fuera por la ropa mojada, el pelo enmarañado y el rímel que empezaba a corrérsele. La mujer que tenía delante ya no estaba impecable.

–Por aquí –dijo antes de que la culpabilidad se apoderara de él.

Aquello era un error. Sabía que iba a ser incapaz de mantener a Natalie Baker al margen de su vida, en especial si iba a pasar allí cuatro o cinco días. ¿Qué debía considerarla: una periodista, una reportera, una marioneta? Antes o después daría con algo que no querría que viese, como su álbum de bebé o aquella foto de cuando estaba en octavo y se hizo aquel corte de pelo para estar a la moda.

Esperaba que se diera una ducha larga para poder ocultar todo lo que pudiera de su vista.

Pasó junto al termostato y lo subió. Quizá consiguiera caldear la casa, pero, por el modo en que estaba soplando el viento, se quedarían sin electricidad más pronto que tarde. Si no hubiera perdido el tiempo discutiendo con ella, podía haber encendido ya el generador. Iba a tener que esperar a que parara de caer la nieve, y no sabía cuánto tardaría.

Además, al darse la vuelta para mirarla, se había rodeado con sus brazos mientras lo seguía. Tenía los labios morados. Tenía que hacer algo para que entrara en calor.

La condujo hasta la habitación de invitados, que por suerte era la estancia con menos fotos familiares. Mientras tuvieran electricidad, la dejaría en aquella habitación. Si pudiera, la dejaría encerrada allí, pero eso solo complicaría las cosas. Ya se podía imaginar el titular: *El Beaumont bastardo encierra a una famosa en el cuarto de invitados.*

No, gracias.

La habitación de invitados tenía un cuarto de baño dentro.

—Seguramente nos quedemos sin luz en media hora. Haga lo que crea conveniente.

Le parecía que asentía, pero era difícil estar seguro, porque no paraba de temblar. Fue al cuarto de baño y dejó correr el grifo del agua caliente.

–No salga hasta que no haya recuperado temperatura.

La alternativa para que recuperase su temperatura corporal era desnudarse y meterse con ella en la cama. Volvió a fijarse en sus piernas, largas y bronceadas. La clase de piernas que podían rodearlo y…

Detuvo aquel pensamiento. Nada de desnudos, de arrumacos y, mucho menos, de sexo. Lo que tenía que hacer en aquel momento, mientras el baño se llenaba de vapor y ella se quitaba el abrigo, era recordar que a partir de aquel momento todo lo que hiciera o dijera podía hacerse público. No la tocaría ni dejaría que le tocara. Punto.

–Le traeré algo de ropa –dijo, dirigiéndose a la habitación.

Porque si durante los próximos tres o cuatro días tenía que verla con aquella falda estrecha y la fina blusa de seda que llevaba… Era un hombre fuerte, pero no estaba seguro de serlo tanto, no si su aspecto iba a ser tan vulnerable como sexy.

–Gracias –respondió con voz delicada.

No, no iba a considerarla vulnerable ni delicada. Probablemente, su única intención fuera ganarse su confianza.

Fue hasta la habitación de sus padres y buscó entre la ropa de su madre camisas, vaqueros, jerséis y calcetines. Su madre era algo más baja y gruesa que Natalie.

Llamó a la puerta de la habitación de invitados y, al ver que no respondía, abrió la puerta. El cuarto de baño estaba cerrado y se oía el sonido del agua. Debía de estar en la ducha, desnuda, debajo del chorro de agua caliente, enjabonándose los pechos...

Confiaba en que hubiera cerrado con llave la puerta. Dejó la ropa sobre la cama y a punto estuvo de recoger sus cosas para meterlas en la secadora, pero al ver el sujetador de encaje rosa a juego con las bragas, apartó la mano como si quemaran. Iba a tener que esforzarse en no imaginársela con aquellas prendas.

Apartó aquellos pensamientos sobre la mujer que se estaba duchando. Tenía que hacer lo necesario para que no murieran de frío.

Se aseguró de que todas las puertas del segundo piso estuvieran cerradas, deteniéndose para retirar las fotos familiares de las paredes, que guardó en el armario de los abrigos. Por suerte, aquella mañana había encendido el fuego de la chimenea antes de ir al pueblo, por lo que solo tuvo que avivarlo. Después, se fue a la cocina. Aunque estaba haciendo un guiso, encendió el horno para calentar la casa. En cuanto se fuera la luz, la estancia perdería el calor en cuestión de segundos.

Lavó un par de patatas y las metió en el horno. Tras un momento de duda, sacó una tarta de manzana del congelador y también la metió.

Cada otoño, su madre no paraba de cocinar y hacer pasteles. Hacía tiempo que C.J. suponía que era la forma de superar su sentimiento de culpabilidad por dejar a su hijo solo en Navidad. Tenía un congelador lleno de todo tipo de recipientes con comida que solo tenía que calentar en el fogón o en el horno. Lo único que no le dejaba era pizza y cerveza, motivo por el que aquella mañana había ido a comprar después de mandar a casa a los jornaleros antes de que llegara la tormenta. Si iba a caer una nevada por Navidad, quería un par de pizzas para completar el menú.

Luego, hizo otra batida por el piso de abajo. Retiró más fotos de las paredes y de la repisa de la chimenea y las llevó al estudio, cuya puerta podía cerrarse con cerrojo. Si pudiera, metería toda la casa en aquella habitación y cerraría la puerta a cal y canto.

En el salón era donde más álbumes de fotos había, pero la puerta no podía cerrarse con llave. Tendría que mantenerla fuera de allí. Por mucho que no le agradase, iba a tener que pegarse a Natalie Baker como el pegamento.

Por fin, con la cena en marcha y habiendo ocultado su vida todo lo que había podido, subió la escalera. Al llegar arriba, ella abrió la puerta y salió al pasillo.

C.J. se quedó sin respiración. La impecable y perfecta famosa había desaparecido. En su lugar… Se había hecho una coleta a un lado. No llevaba ni pizca de maquillaje, pero estaba más guapa, más natural. Aquella naturalidad resultaba peligrosa, así como la intriga de si se habría vuelto a poner las bragas rosas de encaje.

Así que se obligó a pensar en otras cosas.

–¿Mejor? –preguntó con voz ronca, aunque era evidente que sí.

Había recuperado el color en sus mejillas y era más rubia de lo que parecía en televisión. Sin maquillaje, sus ojos parecían más grandes y azules.

–Sí, gracias.

Incluso su voz sonaba diferente. Cierto era que había dejado de temblar, pero cuando la veía en televisión, hablando a la cámara y entrevistando a las estrellas, su voz tenía cierta cadencia de la que ahora carecía. C.J. se dio cuenta de que tenía delante a la auténtica Natalie Baker, pero no podía pensar en ella como en una persona real o se perdería en aquellos ojos azules. Por suerte, la tormenta lo salvó. De repente, la luz se fue y Natalie ahogó una exclamación.

–Está bien –le aseveró, recorriendo la distancia que lo separaba de ella–. Aquí estoy.

El pasillo estaba oscuro al haber cerrado las puertas de las habitaciones. Alargó el brazo y le dio una palmada tranquilizadora en el hombro. Al hacerlo, ella se agarró con fuerza a su antebrazo.

C.J. tomó aire y contuvo el impulso de tomarla entre sus brazos para tranquilizarla.

–Lo siento –dijo ella, dejando de hacer fuerza, pero sin soltarlo–. Estoy un poco nerviosa. No me gustan los imprevistos.

C.J. no podía creer que aquello la hubiera pillado desprevenida. Pero el que su presencia allí hubiera sido planificada o no, no cambiaba las cosas, al menos no en los siguientes días.

Cayó en la cuenta de que estaban en medio de un pasillo a oscuras, tocándose, y apartó la mano.

–Deberíamos recoger unas almohadas y algo más.

Ella alzó la cabeza, sorprendida.

–¿Cómo?

–Tengo la chimenea encendida en el cuarto de estar. En cuanto deje de nevar, saldré a encender el generador, pero hasta entonces, tendremos que quedarnos frente al fuego.

No quería decirle que en su dormitorio había otra chimenea, así como en el de sus padres. Aquella no era su primera tormenta de nieve. No iba a permitir que durmiera en la cama de sus padres ni en la suya. Nada de compartir sábanas.

Sintió su aliento cálido y, casi sin darse cuenta, se inclinó hacia ella.

–¿Para no quitarme ojo de encima?

No tenía sentido mentir y, además, no le gustaba hacerlo. Quizá a Hardwick Beaumont se le había dado bien, pero Patrick Wesley era un hombre honesto. Solo había mentido sobre C.J. y su madre. De hecho, C.J. estaba seguro de que Pat había repetido tantas veces la misma mentira acerca de su boda con Bell y de que C.J. hubiera nacido antes de que se licenciara en el Ejército, que ambos habían acabado creyéndoselo a pies juntillas.

C.J. también quería creerlo, porque para él Pat era su padre. A C.J. le molestaba que el fantasma de Hardwick Beaumont planeara sobre él; siempre lo había hecho y siempre lo haría.

También le fastidiaba que aquella mujer hubiera traído al fantasma de Hardwick Beaumont con ella, aunque no le venía mal la ira que le despertaba. Iba a aferrarse a aquella ira mientras pudiera. Quizá fuera más guapa en la vida real y le atrajera aquella debilidad suya, pero estaba furioso con ella y no debía olvidarlo.

Volvió al cuarto de invitados y tomó las mantas y las almohadas de la cama.

—Tenga —le dijo, dándoselas.

Luego se fue a su habitación e hizo lo mismo. Ya no tendrían motivo para volver a subir en los próximos días.

En silencio, la precedió escalera abajo hacia el cuarto de estar. El fuego se había avivado y un resplandor cálido bañaba la estancia. Dejó la ropa de cama en el sofá y se afanó en recolocar la habitación. Echó hacia delante el sofá para enfrentarlo a la chimenea y luego colocó a los lados los sillones para que el calor no se fuera por los lados. En el suelo, hizo un camastro.

—Puede quedarse en el sofá.

Ella abrió los ojos sorprendida y C.J. supo que lo había entendido perfectamente. Él dormiría en el suelo justo delante de ella, para evitar que se levantara por la noche y se pusiera a husmear.

—Esto ya lo ha hecho antes.

No sabía cómo iba a hablar con ella sin revelarle algo.

—Sí, ya he vivido otras nevadas. Asumo que esta es su primera vez.

Nada más decir aquellas palabras, se arrepintió. Tenía un desafortunado doble sentido.

Pero, por suerte, ella lo ignoró, ahuecó las almohadas y le dedicó una sonrisa tímida.

–Supongo que es evidente. En Dénver es diferente.

Natalie dobló las mantas e hizo una especie de saco de dormir sobre el sofá. Luego se irguió y puso los brazos en jarras. Daba la sensación de que estaba juzgando el resultado, y parecía estar echando de menos algo.

–Esto no lo he planeado –dijo suavemente–. No siempre soy una buena persona, pero quiero que sepa que no vine con la intención de que me rescatara.

Había hablado con la cabeza gacha, sin mirarlo.

En el hipotético caso de que fuera verdad, aquella confesión debía de haberle costado lo suyo.

–Pues será mejor que se lo tome lo mejor posible. No me gustaría pasar los próximos días deprimido. Estamos en Navidad, tiempo de paz y buena voluntad.

Lo miró y rápidamente volvió a bajar la vista. Sus labios se curvaron en una sonrisa que C.J. supo reconocer. Era la clase de sonrisa que su madre esbozaba cuando estaba a punto de llorar.

No quería que Natalie Baker llorara. Si no lo había hecho cuando había estado a punto de quedarse medio congelada, ¿por qué iba a hacerlo en aquel momento?

–¿Firmamos la paz?

Aquello era una tregua.

–No puedo prometerle una noche tranquila. Ese viento no creo que pare pronto.

Esta vez, la sonrisa de Natalie era sincera, y eso le hizo sentirse mejor. ¿Qué le estaba pasando? Era suficiente haberla salvado de morir congelada. No era responsabilidad suya hacerla feliz, fin de la discusión.

–La cena debe de estar ya lista. Podemos servirnos los platos y comer delante de la chimenea.

Lo siguió hasta la cocina. Siempre había habido un fogón de gas, y esa era la razón de por qué. C.J. encendió el gas y puso agua a hervir.

–Tenemos café instantáneo y té –dijo, sin especificar que a su madre le gustaba mucho el té.

Aquellos eran los detalles que debía evitar dar.

–Tenemos un guiso de carne con patatas calentándose y una tarta de manzana en el horno –dijo levantando la tapa de la cacerola.

El olor del guiso llenó el ambiente.

–Qué bien huele –dijo Natalie.

Se acercó a él y aspiró el delicioso aroma.

En silencio, fueron preparándose para cenar. C.J. sacó dos cuencos grandes y le mostró dónde estaban el té y el café. Luego, sirvió el guiso de carne en los cuencos. El hervidor de agua silbó y Natalie se apresuró a apagarlo.

No quería reparar en la soltura con la que se movía por la cocina. Aquel no era su sitio y el hecho de que tuviera que estar continuamente recordándoselo era mala señal. A aquellas alturas, no estaba seguro de poder reconocer una buena señal ni aunque la tuviera delante.

No volvieron a hablar hasta que se hubieron acomodado delante del fuego.

–Esto es maravilloso –dijo ella.

Estaba sentada en el sofá, a más de un metro de él, con las piernas cruzadas.

Era todo un alivio que no comenzara otra batería de preguntas, aunque eso no quería decir que él no fuera a hacer su propio interrogatorio.

–¿Cómo es que no hay nadie esperándola?

Natalie tardó en contestar, estaba devorando el guiso de carne, al igual que C.J.

–Podría preguntarle lo mismo. Está solo en vísperas de la Navidad. Ni siquiera tiene adornos navideños –dijo mirando a su alrededor–. Pero no haré preguntas –añadió rápidamente antes de que C.J. le recordara las reglas.

No se le pasó por alto la manera en que había evitado responder a su pregunta. Se fijó y vio que no llevaba anillos, aunque era posible que no se los pusiera para salir en televisión.

–¿De qué podemos hablar? –preguntó ella, metiendo las manos debajo de las piernas–. No puedo hacerle preguntas sobre usted y, de momento, no me agrada contestar a ninguna de las que me ha hecho.

Él se encogió de hombros.

–No hace falta que hablemos. El silencio no me incomoda.

Ella hundió la barbilla y arqueó los hombros. Al instante, se irguió.

–Está bien.

C.J. apretó los dientes.

–No quiero ser el reportaje estrella de su programa. Prefiero no hablar a que tergiverse lo que digo.

Ella suspiró resignada, pero esta vez no apartó la mirada.

–No estoy en horario de trabajo. Cualquier cosa de la que hablemos quedará entre nosotros.

Como si fuera a creerla.

–Patrick Wesley es mi padre, fin de la discusión. No estoy dispuesto a permitir que nadie comercie con mi vida privada para su propio beneficio.

Aparte de sus padres y de Hardwick Beaumont solo había otra persona que sabía que Patrick Wesley no era su padre biológico. C.J. había estado enamorado en la universidad, o al menos eso había pensado. Por entonces, era joven y estúpido, y había confundido el deseo con el amor. Pero había creído que había encontrado lo que tenían sus padres, así que le había contado a su novia que Hardwick Beaumont había sido el donante de esperma, porque si iba a proponerle matrimonio, quería que supiera toda la verdad sobre él.

Nunca había podido olvidar la expresión de Cindy cuando le había dicho que, de alguna manera, estaba relacionado con los Beaumont. Se había quedado con los ojos abiertos de par en par y se había sonrojado mientras él había esperado a que dijera algo. Por aquel entonces, C.J. tenía veintiún años y Hardwick todavía vivía.

Cindy, después de unos minutos en silencio, había empezado a decir lo maravilloso que resultaba todo aquello. Era un Beaumont y los Beaumont eran ricos. ¡Podían tener una boda de ensueño y después de la boda, podían ocupar su puesto en la familia y recibir su parte de la fortuna de los Beaumont!

Aquel fue el momento en que se dio cuenta de que había cometido un error. Asustado, había intentado fingir que todo aquello no había sido más que una broma. ¿Cómo iba a ser un Beaumont si todos eran rubios y él moreno?

Se había enfadado con él por tomarle el pelo, haciéndole soñar con todo aquel dinero. La ruptura fue de mutuo acuerdo. Ya no iba a tener una boda de ensueño, ni iba a emparentar con los Beaumont, y él…

Bueno, él había aprendido a mantener la boca cerrada.

Además, siempre le había resultado sencillo ignorar las dos mentiras sobre las que estaba cimentada su vida: que era hijo de Pat Wesley y que sus padres se habían casado un año antes de que Pat se llevara a Bell a vivir con él. Había resultado convincente. Pat había acabado una misión militar y le había contado a todos que había conocido a Bell y que se había casado con ella en secreto mientras estaba en casa de permiso. Por eso era por lo que había aparecido con una esposa y un bebé de seis meses de los que nadie sabía nada. Y dado que Pat Wesley era un hombre honesto y un ciudadano ejemplar, nadie lo había dudado.

La madre de C.J. era morena y Pat Wesley era rubio. Pat era alto y fuerte, como C.J. El caso era que no había motivos para dudar de que C.J. no fuera hijo de ambos. Nunca había habido preguntas.

No había sitio para los Beaumont en la vida de C.J. Habría sido mucho más feliz si no hubiera oído aquel apellido en toda su vida.

Pero en aquel momento estaba sentado frente a alguien que lo había descubierto o, al menos, eso pensaba. Lo peor no era eso, sino que estuviera intentando sacar algún provecho de ese dato.

Aquella Natalie Baker lo estaba mirando fijamente.

—¿Cómo quiere que le llame? —preguntó ella.

—Mi nombre es C.J. Wesley, pero puedes tutearme y llamarme C.J.

Ella tendió la mano.

—Hola, llámame Natalie.

Después de dudarlo unos segundos, sus palmas se tocaron y C.J. sintió una corriente entre ellos. El pulso se le aceleró y sintió un calor que nada tenía que ver con el fuego que tenían delante y que se le extendía desde su cuello hasta el resto del cuerpo.

Aquello era atracción. Si no tenía cuidado, podía desembocar en algo mucho más fuerte: pasión.

Apartó la mano de la de ella.

—Encantado, Natalie.

Rápidamente se puso de pie y recogió los platos.

—Traeré la tarta.

Capítulo Cuatro

Natalie se quedó sentada en el sofá, tratando de asimilar lo que había pasado, pero no era capaz. Cuanto más observaba el fuego, menos entendía lo que estaba pasando.

Una vez recuperada la temperatura después de la ducha, su mente había vuelto a funcionar. No acababa de comprender cómo había pasado en apenas dos horas de ser Natalie Baker, presentadora de *De buena mañana con Natalie Baker*, a ser una invitada de C.J. Wesley.

Se sentía desnuda. Esa sensación no tenía nada que ver con las tres capas de ropa que llevaba y sí con la manera en que aquel hombre la miraba, sin ocultar su rostro en la sombra, y en cómo le había preguntado por qué no tenía a nadie esperándola.

Podía haberse inventado una mentira y decir que Steve, su productor, la echaría de menos, pero no había nadie que fuera a echarla de menos en los cinco días siguientes. Tampoco era ninguna sorpresa. Sabía muy bien que iba a ser otra Navidad que pasaría sola. Era una fiesta que no celebraba. ¿Para qué? Era un día que le traía malos recuerdos.

Pero, por alguna razón, decírselo a C.J. había sido reconocer que estaba completamente sola.

Estaba a merced de C.J., al que ni siquiera le caía bien.

Pero no parecía dispuesto a aprovecharse de la situación. Cualquier otro habría visto una oportunidad, pero él no. En vez de eso, le había dado ropa y le había preparado la cena. Había hecho lo posible por hacer que se sintiera cómoda.

Estaba siendo demasiado correcto y decente. No pensaba que siguieran existiendo hombres como él.

Sabía que había personas buenas que se ofrecían como voluntarios para repartir comida a los necesitados y leer cuentos en las bibliotecas. Pero no formaban parte de su mundo. No, todos aquellos con los que se relacionaban querían algo. No sabía cómo tratar con alguien si no era para negociar y obtener algo.

C.J. Wesley le había dejado muy claro que no quería negociar. No quería nada de ella y no estaba interesado en cederle nada.

Habían llegado a un punto muerto en menos de dos horas.

Un cosquilleo le recorría la piel desde el momento en que él había entrado en la habitación, a pesar de que se movía sigilosamente con unos mocasines de piel de borrego. Había algo en él que alteraba lo que le rodeaba. Por su corrección y su manera de guardar las formas, C.J. Wesley poseía una fuerza poderosa que era imposible ignorar.

—Estupendo —dijo pasando delante de ella y sentándose en el sofá.

Luego le dio un plato con lo que parecía la tarta de manzana más apetecible que había visto en su vida.

No sabía a qué se había referido con aquel «estupendo», si a la tarta o al hecho de que no estuviera indagando en sus secretos familiares.

–Gracias. No hace falta que me sirvas.

–No te preocupes –replicó él, y de nuevo aquel músculo de su mentón se contrajo–. Lo hago encantado.

Natalie frunció los labios a un lado, evitando sonreírle.

–Mientes, pero te lo agradezco de todas formas.

Él se quedó quieto, con el tenedor a medio camino entre el plato y la boca.

–No estoy mintiendo.

Esta vez le costó más ver aquella contracción, pero aun así la vio.

–Tienes un tic que te delata, ¿lo sabías?

Transcurrieron largos segundos sin que dijera nada, así que se concentró en la tarta. Sabía mejor de lo que olía. Quizá se había muerto en la nieve por congelación y estaba en el paraíso, acurrucada en un sofá junto a un atractivo cowboy y la mejor tarta de manzana del mundo.

–Esto es fabuloso –concluyó tras su tercer bocado.

–Gracias, mi… –comenzó, pero se contuvo–. Gracias –repitió.

Echó un rápido vistazo a su mano. No llevaba anillo ni se adivinaban marcas. Sin contar la ropa que llevaba, algo amplia y no precisamente a la moda, no había señales de que hubiera mujeres en la casa. Al menos no desde que se había duchado. Estaba segura de haber visto fotos en las paredes, pero ya no estaban. No había podido pararse a verlas porque había entrado en la casa muerta de frío.

No, C.J. no estaba casado, por lo que la tarta probablemente la habría hecho su madre, la misma mujer que Natalie había estado buscando durante meses en documentos legales.

Era evidente que no iba a decir nada de su madre. Natalie Baker, en su papel de presentadora de televisión, habría insistido para obtener información. Pero la tarta estaba tan buena y se sentía tan a gusto frente a la chimenea, que no quiso hacerlo. Si C.J. tenía razón, tendría varios días para intentarlo. Pero no en aquel momento. Tenía el estómago lleno y sentía sueño, a la vez que permanecía muy atenta al hombre que estaba a un metro de distancia.

—No tengo ningún tic —dijo él de repente.

—Claro que sí.

Le dedicó una sonrisa. Estaba tomándole el pelo y, por alguna razón, no parecía sentirse molesto.

Él trató de hacerse el ofendido.

—No, no lo tengo.

Natalie arqueó las cejas y, sin dejar de sonreír, asintió. C.J. le sostuvo la mirada unos segundos más antes de recostarse en el sofá.

—¿De qué se trata?

Ella dejó el plato a un lado y se echó hacia delante. Al levantar la mano hacia su rostro, él se puso rígido.

–Tranquilo –dijo, y vio cómo sus ojos se abrían de par en par–. Voy a mostrarte algo –añadió, y rozó con los dedos el músculo de su mandíbula–. Considéralo un experimento.

Rozó su barba y la pregunta que iba a hacerle, si era hijo de Hardwick Beaumont, no salió de sus labios. Sabía lo que pasaría. Se molestaría con ella y la mandaría callar o que se fuera del sofá. No quería que eso pasara.

Así que buscó otra pregunta que, aunque no contestara con sinceridad, no supusiera el fin de la conversación.

–¿La tarta la ha hecho tu madre?

El músculo que estaba bajo sus dedos se contrajo.

–No.

–¿Lo has sentido? –preguntó, dándole una suave palmada en la mejilla–. Justo aquí. Cada vez que mientes, este músculo se te contrae.

–No te creo.

En vez de hacerle apartar la mano, se quedó inmóvil. Pero esta vez no parecía el hombre enfadado e imperturbable que había visto antes. Esta vez se le veía cauteloso.

Apartó la mano para tomar la suya y llevársela a la cara.

–Presta atención –dijo, sujetándole la mano contra la mejilla–. ¿Ves mi programa?

–Sí, a veces –respondió confundido, y añadió–: No he sentido nada.

–¿Has respondido con sinceridad?

De repente, aquello parecía de vital importancia. Era evidente que desde el primer momento se había dado cuenta de quién era.

–Sí.

–Entonces, ya ves que no pasa nada cuando dices la verdad.

Ladeó la cabeza y él la miró con los ojos abiertos de par en par. Necesitaba hacerle otra pregunta.

–¿Me mentiste en la tienda de piensos sobre quién era Pat Wesley?

–No –contestó rápidamente, y abrió los ojos aún más–. Tonterías.

A regañadientes, Natalie apartó la mano.

–¿Ves? Ese es el tic.

C.J. se frotó la cara.

–Lo negaría todo, pero me da la sensación de que te darías cuenta al instante.

Ella rio.

–Apuesto a que fuiste boy scout y todo, ¿verdad?

–No tengo por qué contestar a eso.

En vez de mostrarse molesto, las comisuras de sus labios de curvaron ligeramente. Natalie se quedó mirándolo mientras el resplandor del fuego se reflejaba en su rostro. Era tan guapo que resultaba insultante. Anulaba todo instinto de supervivencia.

Nunca le habían interesado los hombres rudos, porque poco tenían que ofrecerle más allá de buen sexo ocasional.

Pero C.J. Wesley resultaba completamente diferente. Era brusco y malhumorado, con un trasfondo de honestidad que era lo que más sorprendía, todo ello envuelto en músculos. De repente se dio cuenta de que si le dirigía una de sus sonrisas, no sería capaz de controlarse.

Aquello era terrible. Estaba empezando a gustarle. Una cosa era la atracción sexual, pero aquello era algo completamente diferente.

Rápidamente recordó lo que estaba en juego. Estaba siendo amable con ella porque… Porque lo prudente era llevarse bien con los enemigos, y no había duda alguna de que eso era lo que ella era para él. Si cometía el error de confundir cortesía con afecto, entonces sería una estúpida.

Además, no estaba interesado en ella. Pero en cuanto esa idea se le pasó por la cabeza, deseó haber preguntado si se sentía atraído por ella en vez de cuestionarlo por la tarta. Porque, ¿qué habría contestado?

–No soy el único que tiene un tic –dijo mirándola.

–Buen intento, pero no te va a funcionar.

C.J. se volvió hacia ella, acortando la distancia que los separaba.

–¿No estás de acuerdo?

–Lo sé muy bien –respondió tranquila–. No olvides quién soy.

Se quedó mirándola fijamente durante largos segundos. Natalie sintió que se le erizaba el vello de la nuca y temió que fuera a sonrojarse.

–No se me ha olvidado –replicó muy serio.

–Soy alguien importante –le recordó.

Aquel era el tipo de cosas que tenía que decir.

Él abrió los ojos como platos.

–Ahí lo tienes.

–¿El qué?

–La forma en que tragas saliva, ese es tu tic.

De repente, se le hizo difícil respirar, pero no podía permitir que se diera cuenta. En vez de eso, se quedó mirándolo pensativa.

–Primero de todo, ni siquiera me has hecho una pregunta, así que ¿cómo estás tan seguro de que miento? Y, en segundo lugar, ¿cómo sabes que no se me ha quedado un trozo de tarta en la garganta?

Él arqueó una ceja y giró el cuerpo hacia ella. A pesar de que todavía los separaba algo más de medio metro, la sensación era otra. El ambiente estaba caldeado. Quizá se debiera al fuego.

–De acuerdo, te haré una pregunta. ¿Estás saliendo con alguien?

Consideró la posibilidad de mentir, pero no lo hizo.

–No.

Ladeó la cabeza, sin dejar de observarla.

–¿Por qué no hay nadie que vaya a echarte de menos?

Por alguna razón, no le sorprendía que hubiera elegido esa pregunta. Ella la había evitado porque no quería parecer una fisgona, especialmente siendo una invitada inesperada. Pero él no tenía por qué andarse con miramientos.

–La gente me echará de menos. Créeme, hay muchas personas que están pendientes de mí.

Él sonrió, pero no fue un gesto tranquilizador.

–Ni siquiera te has dado cuenta de que lo has hecho, ¿verdad? Has tragado saliva. Has esperado un momento, luego has tragado saliva y a continuación has contado una mentira.

Y con esas, se volvió hacia el fuego.

Debería dejarlo estar. Se estaba aproximando demasiado a algunas verdades sobre ella, y eso la incomodaba.

–La gente se interesa por mí, ¿sabes? Soy una especie de celebridad.

Para su horror, C.J. sacó el teléfono del bolsillo. Aunque no tenía la contraseña ni pensaba dársela, vería las notificaciones de Twitter en la pantalla.

–Sí, ya lo veo. ¿Qué has dicho para que…? –preguntó él, pero se detuvo y abrió los ojos de par en par–. ¿Sabes que algunas de las cosas que esta gente está diciendo son delito?

No estaba dispuesta a observarlo mientras leía las cosas horribles que la gente estaba diciendo de ella, así que cerró los ojos.

–Seguramente, pero están pendientes de mí.

La miró como si estuviera completamente loca. Allí, en la cálida seguridad del hogar de la familia Wesley, todo parecía algo descabellado.

–No es posible que te guste que digan… ¡Pero si ni siquiera debe ser legal! –exclamó mirándola, cada vez más preocupado–. Esto no está bien. La gente no debería decir… Esto es repugnante.

Se sentía abochornada. Se abalanzó sobre él en un intento por arrebatarle el teléfono, pero lo mantuvo fuera de su alcance gracias a sus largos brazos. Natalie fue a caer contra su hombro.

—Guárdalo —dijo ella sintiendo que las mejillas le ardían—. Guárdalo.

C.J. miró una vez más la pantalla antes de apretar el botón de la parte superior. El teléfono se apagó.

—Te vendrá bien ahorrar batería —dijo.

En vez de devolverle el teléfono, se lo guardó otra vez en el bolsillo.

—Eso que has dicho y que tantos comentarios ha provocado, ¿tiene algo que ver conmigo?

—No.

Siguió mirándola durante unos segundos.

—¿Y con algún Beaumont?

Esta vez sí se percató. Tragó saliva justo antes de abrir la boca, así que la cerró por segunda vez. La estaba observando con atención, como si pudiera ver a través de su personalidad, y de repente temió que pudiera darse cuenta de que no había nada.

—Así que entonces es un sí.

No sabía qué decir, así que no dijo nada. Si él podía esconderse detrás del silencio, ella también.

Los segundos se convirtieron en minutos que siguieron alargándose mientras permanecían allí sentados, a escasa distancia, contemplando el fuego. Fuera estaba completamente a oscuras. Los rincones de la habitación estaban en sombras y, una vez más, se sintió diminuta.

Aparte de su padre, que siempre la acusaba de mentir continuamente, nadie se había dado cuenta de que tenía aquel tic.

–¿Por qué? –preguntó C.J. inesperadamente.

–Es mi trabajo. Son las reglas del juego.

Había personas como Matthew Beaumont que lo comprendían, pero otras como C.J. Wesley que no.

–Es un juego repugnante, si permites que te lo diga.

Casi contra su voluntad, Natalie sonrió. Había algo que resultaba caballeroso en él. No estaba segura de haber conocido nunca a un hombre al que pudiera considerar un caballero.

–No está tan mal –dijo deseando creer que era verdad.

Aquel instante se dilató y, al levantarse bruscamente, ella dio un respingo en su asiento.

–Voy a buscar más leña. No te muevas.

–No lo haré.

Se lo debía. Le había hecho una promesa y, por una vez en su vida, iba a cumplirla. Mientras estuviera invitada en su casa, no se dedicaría a husmear.

Sintió una fría corriente de aire atravesar el cuarto de estar antes de que C.J. regresara cargando con la leña. Parecía como si no pesara y, al dejar los leños junto a la chimenea, tuvo una buena perspectiva de su trasero. Mientras avivaba el fuego, observó su cuerpo. Estaba empezando a gustarle. ¿Un rudo cowboy que también era un caballero?

¿Un hombre con manos ásperas al que le gustaba la tarta de manzana?

Iban a estar allí encerrados varios días. Sabía una forma de pasar el tiempo.

C.J. se levantó y se sacudió el polvo de las manos antes de volver junto a ella. Se quedó sin respiración al ver que se quedaba mirándola, iluminado por el resplandor de las llamas. Una palabra se le venía a la cabeza en medio de aquella atracción que empezaba a sentir: fuerza. Se le veía fuerte, confiado y seguro de sí mismo. ¿Cómo sería hacerlo con él? ¿Sería un caballero que antepondría sus deseos a los suyos o como el resto de los hombres, rápido y egoísta? Estaba cansada de sexo mediocre y de la sensación de vacío que le dejaba después.

Quizá con él fuera diferente. Deseaba que él fuera diferente. Un pensamiento se le cruzó por la mente: quizá ella podía ser diferente con él.

Natalie se levantó del sofá y se acercó a su camastro.

Él dejó caer las manos a los lados y se irguió.

–¿Qué estás haciendo?

Ella se abalanzó sobre él y le acarició la mejilla, justo donde el músculo se contraía.

Se le veía receptivo, y Natalie sabía que podía tomarla en brazos y llevarla donde quisiera.

–Darte las gracias –respondió, rodeándolo por la cintura con el otro brazo y acoplando su cuerpo al suyo.

El contacto de sus pechos a pesar de las capas de ropa que los separaban fue suficiente para hacer que las rodillas se le doblasen. Los pezones se le endurecieron y suspiró. Podía ser una persona diferente mientras estuviera encerrada con él, alguien mejor. Alguien que conseguía lo que se proponía. Su cuerpo cálido y fuerte le hacía desear arrancarle la camisa y acariciar cada uno de sus músculos.

Se puso de puntillas, lo suficientemente cerca como para que su mejilla rozara su barba, justo antes de que la tomara por las caderas y la apartara.

–No –dijo con rotundidad.

Seguía teniendo las manos en sus caderas, pero ahora había un palmo entre ellos.

–¿Por qué no? Estás siendo encantador y yo…

–Por el amor de Dios, Natalie, no –dijo enfadado–. No me debes nada y yo a ti tampoco y… y…

La soltó y la empujó hacia atrás.

Natalie se dio cuenta de que la deseaba. No le caía bien, pero la deseaba.

–C.J. –dijo con tono seductor.

Él alzó los ojos y la miró.

–¿No me deseas?

Volvió la cabeza a un lado y rápidamente la rodeó.

–Esto no está pasando. Vete a dormir, Natalie, y no vuelvas a intentarlo.

Se quedó mirándolo mientras se quitaba los mocasines de espaldas a ella.

–¿Por qué no? ¿Acaso soy tan…?

–No va a pasar nada entre nosotros. Lo sabes. No quiero que mi vida sea pública y no tengo seguridad de que nada de lo que haga o diga no acabe aireado en televisión.

Finalmente se volvió hacia ella, con los ojos entornados y los hombros encorvados bajo el jersey.

—Es hora de dormir.

Había un tono de crispación en su voz que le provocó angustia en el pecho.

—Ah, claro. Yo… —dijo, y trago saliva—. Está bien.

Lo rodeó para no rozarlo y se tumbó en el sofá. Pero no le venía el sueño.

Se quedó mirando el fuego y recordó todas las maneras en las que había hecho el ridículo durante las últimas doce horas.

Justo cuando empezaba a relajarse, se dio cuenta de que al preguntarle si la deseaba, él se había vuelto.

Había ocultado el tic.

Capítulo Cinco

Aquello iba a lamentarlo.

No era nada nuevo. C.J. ya lamentaba el momento en que Natalie Baker había salido de la pantalla de su televisor para meterse en su vida. Pero, mientras la observaba durmiendo, sabía que se iba a arrepentir aún más de lo que estaba a punto de hacer.

Incluso más de lo que se arrepentía de haberla apartado.

En realidad, solo había una parte de él que se arrepentía. Sabía que mantener la barrera que había entre aquella mujer y él era lo que debía hacer para evitar que lo presentara como uno de los bastardos Beaumont.

Pero su erección no parecía estar de acuerdo.

Así que lo que necesitaba hacer en aquel momento, y que iba a lamentar, era procurar que ambos se mantuvieran ocupados. Después de todo, la ociosidad era la madre de todos los vicios. Ya no soportaba seguir sentado charlando con ella y no quería correr el riesgo de que volviera a estrechar su cuerpo contra el suyo y lo mirara a los ojos y…

–Natalie.

Estaba profundamente dormida. La vulnerabilidad que había visto el día anterior se veía magnificada en aquel momento. No solo se la veía vulnerable, también inocente. Sin aquella mirada calculadora y la tensión en su rostro, parecía una mujer completamente diferente, incluso dulce.

—Natalie, despierta.

Alzó la ceja y supo que lo había oído, aunque no abrió los ojos.

Se sentó sobre los talones delante de ella y le acercó la taza de café a la nariz. Pero no la tocó. Tampoco se atrevió a apartarle de la cara los mechones de pelo que se le habían soltado de la coleta ni a acariciarle la mejilla para que se despertara. Si la rozaba, estaría perdido.

—Despierta —repitió, y sopló el humo del café hacia su cara.

—¿Qué hora es? —preguntó ella sin abrir los ojos.

—Las seis y media.

C.J. se quedó a la expectativa de su reacción. No sabía muy bien qué esperar.

Ella se estiró como un gato al sol y se incorporó hasta sentarse.

—¿Tan tarde? —dijo ladeando la cabeza—. Vaya.

Se quedó mirándola y le ofreció el café.

—¿Lo dices en broma, no?

Natalie tomó la taza.

—Suelo levantarme a las cuatro y media, y llego al estudio a las cinco y media para pasar por maquillaje y peluquería antes de prepararme para el programa.

Tomó un sorbo y C.J. se obligó a apartar la mirada para no ver sus labios rozando el borde de la taza.

Había estado a punto de rozar aquellos labios la noche anterior. Solo habría tenido que girar ligeramente la cabeza y…

—En verano, me levanto a las cuatro —terció él sin motivo alguno, excepto porque estaba intentando no mirarla—. Los únicos que conozco que se levantan tan temprano son los ganaderos.

Natalie rodeó la taza con las manos y suspiró. Cuando su mirada se encontró con la de ella, tuvo que contenerse para no inclinarse hacia delante y saborear el gusto a café de sus labios.

—¿Quieres decir que tenemos algo en común?

C.J. se levantó, poniendo distancia entre ellos. Nada de besos, fin de la discusión.

—Tenemos cosas que hacer. Pongámonos en marcha.

Se quedó mirándolo como si de repente estuviera hablando en otro idioma.

—¿Que tenemos que…? —comenzó, mirando lentamente a su alrededor—. ¿Ha dejado de nevar?

—No, aún sigue haciéndolo. El viento ha amainado un poco, pero debe de haber al menos medio metro de nieve, y lo que queda aún por caer.

La expresión de Natalie cambió. ¿Era miedo, resignación? La noche anterior había intentado seducirlo. ¿Acaso era la idea de estar allí atrapada unos días más lo que la disgustaba?

—¿Qué vamos a hacer?

C.J. dio un paso atrás y echó otro leño al fuego.

–He estado pensando y he tomado una decisión. Anoche me preguntaste de qué podíamos hablar –dijo él, con el crepitar del fuego de fondo–. No vamos a hablar del pasado y no tiene sentido hacerlo del futuro. Así que vamos a concentrarnos en el presente –añadió, y se volvió para comprobar si lo estaba mirando–. Es Navidad, Natalie. Tenemos que disfrutar de la Navidad.

Los ojos de Natalie brillaron.

–¿En este preciso momento?

–Sí –respondió, conteniendo una sonrisa–. Tenemos que celebrar la Navidad, pero mantendremos la misma regla: no puedes preguntarme nada. Además, si puedo sacar la moto de nieve, me gustaría ir al pueblo en Nochebuena. Todos los años se celebra una gran fiesta y este año soy Santa Claus. Probablemente habrán retirado la nieve de la carretera, así que puedes pedirle a alguien que venga a buscarte. Ya vendrás otro día a recoger tu coche.

El brillo de sus ojos se apagó. Bajó la vista a la taza de café e inspiró lentamente.

–No te pareces nada a Santa Claus.

–El aspecto no lo es todo –dijo, y antes de que ella pudiera comentar nada, dio una palmada–. Normalmente a estas alturas ya tengo puesta la decoración, pero este año las cosas están siendo un poco diferentes.

Había estado ocupado intentando que Natalie Baker no descubriera quién era y era evidente que no lo había conseguido. La idea de que las dos grandes mentiras acerca de su padre fueran descubiertas, le había hecho olvidar las fiestas navideñas. Aunque la habitación estaba en penumbra, pudo distinguir el color en sus mejillas. Lo diferente de ese año era ella, de eso no había ninguna duda.

–Venga.

–Sujeta la linterna.

Habían tardado veinte minutos en desayunar y en aquel momento estaban abajo en el sótano, rebuscando en las cajas de adornos.

Cuando su madre pasaba allí la Navidad, cada centímetro de la casa se decoraba hasta que todo quedaba rojo, verde y plata. A Bell Wesley le gustaba el espumillón brillante y su padre, a pesar de que lo odiaba, se lo permitía. Decía que si eso hacía feliz a su esposa, también le hacía feliz a él. Así que la casa permanecía decorada desde el uno de noviembre hasta el uno de enero. Tenían apiladas cajas y cajas de adornos.

C.J. no estaba dispuesto a usarlos todos, en especial los mexicanos, porque sería revelar demasiado. Pero no había problema con las imágenes religiosas.

–¿Puedes alumbrar aquí?

Natalie dirigió el haz de luz hacia donde le indicaba.

–Hay un montón de cosas –dijo sorprendida–. ¿Es todo de Navidad?

–Como el setenta por ciento –contestó.

Comenzó a sacar cajas, todas ellas etiquetadas,

y fue dejándolas a un lado. De repente se detuvo ante una con adornos hechos por él. Se había olvidado de aquella. Si no iban a hablar del pasado, no quería sacar la colección de adornos que había hecho año tras año para su madre, durante los últimos treinta y dos. Los primeros no eran más que manchas hechas con sus pequeños dedos y hojas de árbol atadas por cuerdas.

Ni siquiera le había entregado a su madre el adorno que le había hecho ese año, una estrella de madera. Estaba en el granero, a falta de darle otra capa de barniz.

Debía de haberse quedado demasiado tiempo mirando la caja, porque cuando por fin la sacó de la estantería, Natalie dio un paso y apoyó la mano en su hombro.

—No tienes por qué —dijo en tono suave.

Él se puso rígido. A pesar de todas las capas de ropa, sintió la calidez de su contacto, al igual que la había sentido la noche anterior.

—¿Que no tengo que hacer qué?

—Eso —contestó dirigiendo la luz hacia la caja—. No hace falta que me enseñes esos adornos.

C.J. se volvió para mirarla, aunque no había mucho que ver en el sótano.

—¿No sientes curiosidad?

Ella tragó saliva y frunció los labios.

—Sí, pero no voy a verlo.

C.J. se quedó mirándola. No pretendía entenderla, ni tenía esperanzas de llegar a conseguirlo, pero aun así, en momentos como aquel en que tan pronto lo que decía era lógico como todo lo contrario…

Natalie puso los ojos en blanco.

–Lo llaman denegación creíble, C.J. Si no me enseñas los adornos, no haré preguntas sobre ellos y no tendrás que mentirme. Así, si alguien me pregunta si he visto los adornos navideños hechos por ti, podré decir que no, que no los he visto.

Aquel era un buen ejemplo de lo desconcertante que era. Entendía a lo que se refería, pero el hecho de que lo estuviera diciendo la mujer que llevaba tres semanas indagando sobre él, no resultaba lógico.

–¿No vas a husmear?

Esta vez, no la vio tragar saliva.

–Te he dado mi palabra de que no iba a hacerlo.

De repente, Natalie apagó la linterna. C.J. se puso rígido y la vio agacharse y levantar una de las cajas.

–Hace frío en este sótano –dijo, y subió la escalera con la caja.

Nunca entendería a las mujeres, y mucho menos a aquella. Lo que acababa de decir se contradecía con todo lo que había dicho antes. ¿Sería alguna técnica de persuasión que no conocía? ¿Acaso creía que, al decirle que no quería que compartiera sus secretos, se sentiría más proclive a hablar?

Nunca le había interesado la psicología. Así que, por peligroso que pudiera ser, se lo tomaría al pie de la letra. ¿Quería denegación creíble? Muy bien, le daría toda la negación creíble que pudiera.

***

Natalie tuvo que esforzarse en no hacer preguntas. Era evidente que algunos de aquellos adornos llevaban años en la familia, incluso décadas. El nacimiento que había colocado encima de la chimenea era tan viejo que el rostro del niño Jesús estaba borrado y a la mula le faltaba una pata.

Los cascabeles del trineo que C.J. le había pedido que colgara del pomo de la puerta se veían más viejos que el belén. Pero la flor de pascua de seda que había puesto sobre la gran mesa del comedor era más nueva.

Luego, C.J. sacó una de aquellas cosas que nunca había sabido cómo se llamaba, con forma de árbol de Navidad, velas y una pequeña hélice en la parte superior. Cuando se encendían las velas, el calor accionaba la hélice. Era un cruce entre árbol de Navidad y un helicóptero. Siempre había querido tener uno y, siendo niña, se lo pidió a Santa Claus.

Sus padres le habían dicho que Santa Claus no era real, pero Natalie había tenido esperanza de que existiera y de que si se portaba bien, le traería un regalo, algo que la hiciera sentir que se merecía algo especial.

Se había llevado una tremenda desilusión. Se había disgustado tanto al no recibir regalos que había llorado. Había sido entonces cuando su madre se había marchado porque Natalie había estropeado la Navidad de todos.

Aun así, le resultaba emocionante ver aquel artilugio, pensó Natalie mientras apartaba los recuerdos de su cabeza. C.J. lo había dicho muy claro: el pasado no importaba. Al menos en aquel momento.

–De niña, siempre quise tener uno de estos. ¿Dónde quieres que lo ponga?

–Aquí –respondió C.J. señalando un lado de la mesa–. ¿Nunca tuviste uno?

–No –dijo dejándolo donde le había indicado–. Espero que podamos encenderlo. Siempre he querido ver cómo funcionaba.

Sentía que C.J. la estaba mirando. Lo hacía a menudo, quizá demasiado a menudo. ¿Estaría pensando en la forma en que se había lanzado a él la noche anterior? ¿Acaso se estaría arrepintiendo de haberle dado cobijo?

–¿Sí? –preguntó ella volviéndose para mirarlo.

Ahí estaba de nuevo, aquella mirada que parecía estar tratando de adivinar sus pensamientos.

–Creo que lo compramos cuando era niño –dijo, y otra vez parecía enfadado con ella–. ¿Qué clase de adornos tenías de pequeña?

Natalie se volvió hacia la caja y sacó un puñado de lazos brillantes. Alguien había dedicado mucho cariño en hacerlos. Seguramente el mismo que para hacer la tarta de manzana.

–¿Dónde quieres que ponga estos?

Sintió que daba un paso hacia ella justo antes de rozarle la mano.

–¿Celebras la Navidad? –preguntó, y al ver

que no respondía de inmediato, añadió–: Uno de mis mejores amigos de la universidad es judío. Hanukkah, las ocho noches, las velas… todo eso es muy interesante –dijo para hacerla sentir mejor por no tener Navidad.

–No somos judíos.

Si hubiera sido judía, habría tenido una razón para no celebrar la Navidad, pero no habría hecho mucho más llevaderas aquellas fechas tan señaladas.

–He visto fotos de cuando mi madre estaba todavía con nosotros. Hay una en la que estoy con mis padres sentados delante del árbol adornado, con regalos y todo.

Se sintió incapaz de contener aquellas palabras. Era como si se sintiese incómoda por no compartir nada con él.

De repente sintió un nudo en el estómago. Tenía aquella foto debajo de su cama, dentro de una caja. Era la única vez que la familia Baker había sido feliz y ella era demasiado pequeña para recordarlo. En vez de recuerdos, lo único que tenía era esa foto.

–Así es como sé que solíamos celebrar la Navidad.

Aquellas palabras se quedaron suspendidas en el aire y se sintió apesadumbrada.

Natalie volvió a rebuscar en la caja y sacó un globo de nieve.

–¿Dónde los quieres? –preguntó, ignorando el modo en que se le quebraba la voz.

–Siento que perdieras a tu madre.

Toda aquella situación era tan ridícula que no pudo evitar sonreír con amargura.

–No está muerta. Al menos, eso creo. Sencillamente, me abandonó –añadió.

–Natalie.

Debería haber mentido. Rápidamente, decidió dejar el globo al otro lado de la repisa de la chimenea.

–¿Qué te parece?

Antes de que pudiera contestar, volvió a buscar en la caja y sacó un par de portavelas de estaño. Con la vela encendida dentro, proyectaría sombras de árboles, estrellas y copos de nieve en las paredes.

–Esto es perfecto. Además, estamos usando velas.

–Natalie –repitió, esta vez con más fuerza.

Pero no pudo estarse quieta. No quería pensar en lo que acababa de decir en voz alta. Nunca le había contado a nadie que su madre se había marchado porque había estropeado sus Navidades ni que su padre no había vuelto a celebrar las fiestas después de aquello.

Su madre, Julie Baker, no había vuelto a ver ni a su marido ni a su hija. Ahora que era adulta, Natalie sabía que su padre había sido un factor decisivo en la marcha de su madre. Era un hombre difícil de agradar y con el que convivir era imposible.

Pero de eso se había dado cuenta mucho más tarde. Natalie había estado años recordando las palabras de despedida de su madre.

Puso toda la atención en las cajas de adornos. Lo siguiente que sacó fue muérdago de plástico, con una campanilla colgando.

—¿Dónde quieres que cuelgue...?

—Natalie.

C.J. la tomó por los hombros y la hizo darse la vuelta.

—¿Qué?

Lo miró a los ojos, de color avellana en aquella luz, y se dio cuenta de que no tenía dónde esconderse. Podía ver a través de ella.

Era aterrador.

—¿Tu madre te abandonó?

—Tampoco es tan grave —dijo, y se dio cuenta de que acababa de tragar saliva—. No pasa nada —aseguró, y esbozó una amplia sonrisa.

—Y después de que se fuera, ¿dejasteis de celebrar la Navidad?

—No, claro que seguimos celebrándola —respondió después de tragar saliva—. A nuestra manera.

C.J. frunció los labios.

—No se te da muy bien mentir, ¿sabes?

Su comentario le pareció tan ridículo que no supo qué hacer, salvo reír.

—Lo cierto es que sí. No recuerdo la última vez que he sido tan sincera.

Aquello la hizo reír aún más fuerte.

Él se mantuvo serio.

—¿Es una trampa? —le preguntó.

No estaba enfadado. Se quedó mirándola con tanta intensidad que quiso cambiar de postura. Si cualquier otro hombre la hubiera mirado como la estaba mirando, habría sabido que más pronto que tarde, habría acabado volviendo a su casa desnuda y jadeando.

Pero C.J. Wesley no era como los demás.

–¿Una trampa?

Tardó unos segundos en comprender lo que acababa de decir. Entonces, cayó en la cuenta.

Pensaba que todo aquel asunto, la dama en apuros, no tener a quien llamar en Navidad e incluso su nerviosismo, era fingido.

Ahogó la risa en la garganta. ¿Era así como la veía?

Se lo merecía. Si otra persona la hubiera acusado de estar jugando juegos psicológicos, habría sonreído y habría dicho algo atrevido, algo con lo que darle la razón mientras mantenía la poca dignidad que le quedaba. Una dignidad que en aquel momento no tenía. Por una vez, desearía haberse quedado callada.

–Está bien –dijo, y se asustó al oír su voz quebrarse–. Venga, no soy más que una mocosa quejica y malcriada, ¿verdad? –bramó antes de pararse a pensar en lo que decía–. Lo he estropeado todo, como siempre.

No sabía qué esperaba que hiciera, porque lo cierto era que había alterado tanto su Navidad como su vida, pero de repente, se encontró aplastada contra su pecho. Sus brazos la envolvieron. Era fuerte y se movía con seguridad de lo que estaba haciendo.

Ella intentó soltarse porque no se merecía aquel abrazo. Su ira, sus burlas y sus críticas, sí, pero no aquella ternura.

C.J. no la dejó apartarse.

—Está bien —susurró junto a su oído.

Se hundió en su calor. Olía a madera y a humo, y se sintió segura en sus brazos.

No debería disfrutar con aquello, con la sensación de sus brazos alrededor de su cintura y la manera en que su rostro encajaba en el hueco de su cuello. Le estaba ofreciendo su consuelo. El consuelo se parecía demasiado a la lástima y no quería su compasión. No quería que pensara que lo necesitaba. Ella era Natalie Baker y podía arreglárselas sola, tal y como llevaba años haciendo.

Aun así, tardó unos segundos en lograr apartarse de él.

—¿Eres siempre tan correcto? —preguntó frotándose las mejillas con los puños de la manga.

—Solo hago lo que cualquiera haría por un amigo —dijo después de tomarse su tiempo.

—Ya está bien.

Estaba enfadada. En teoría, debería estar intentando que C.J. Wesley se derrumbara, pero estaba ocurriendo todo lo contrario. Estaba empezando a gustarle y, si eso pasaba, ya podía despedirse de su programa.

—Nadie es tan bueno, decente, correcto y agradable, ¿no te das cuenta? Nadie.

C.J. dio un paso adelante y ella se apartó. Sus piernas tocaron el sofá y cayó sentada en él.

–No eres normal y no somos amigos –concluyó.

Aquellas palabras no le afectaron en absoluto.

–No me pareces quejica ni tampoco creo que seas una malcriada –dijo suavemente–. Creo que eres…

–¿Qué? ¿Demente, maquinadora, confabuladora?

Si lograba enfadarlo, no sentiría lástima de ella.

C.J. sacudió la cabeza.

–Creo que te sientes sola.

Tenía que reírse. No podía seguir allí sentada y romper a llorar.

–¿De veras, C.J.? ¿Yo? –dijo en tono burlón–. Por favor. ¿Sabes cuál es mi cuota de pantalla en los programas matutinos de televisión? –preguntó, como si aquello tuviera algo que ver con la soledad–. ¿Y qué me dices de ti? ¿Por qué demonios no estás casado? Porque deberías estarlo. Eres guapo y honesto, tienes una economía desahogada y no andas con juegos. ¿Por qué no tienes esposa e hijos? ¿O esposo e hijos?

La miró sorprendido.

–Sabes muy bien por qué.

¿Ah, sí? Apenas sabía nada de él, excepto que era hijo de Hardwick Beaumont.

–¿Y? –preguntó confundida–. Ni que tuvieras tres pezones o un órgano vestigial.

Las comisuras de sus labios se curvaron en una leve sonrisa.

–¿Te refieres a algo inútil y del pasado que ya no afecta a mi vida, pero que la gente sigue encontrando fascinante?

74

–Esa es la definición de vestigial.

Era un alivio haber dejado de ser el centro de la conversación. Aquello era lo más cerca que estaba de admitir la verdad acerca de su padre biológico. Pero no estaban hablando de los Beaumont.

–No veo por qué eso te impide estar con alguien.

–Digamos que tener un órgano vestigial es importante para algunas personas. Uno nunca sabe para qué personas va a ser importante, así que no se cuenta nada de ese órgano –dijo, y miró al fuego–. Supongamos que te enamoras, o que crees que te has enamorado. Y estás convencida de que a esa persona de la que te has enamorado le dan igual los órganos vestigiales. Estás segura de que esa persona puede ver más allá de esa imperfección, así que se lo cuentas. Pero resulta que le importa y mucho.

Se quedó mirándolo mientras pensaba en lo que acababa de decirle y se sintió avergonzada. Tenía razón. Era importante. Si no lo fuera, no estaría allí. Se sintió enferma.

–Pero si este órgano vestigial es tan importante para algunas personas, ¿por qué callarse una vez lo saben? Porque si fuera importante para ellos, no se lo callarían. Sé muy bien lo que te digo.

Así era como se ganaba la vida. La gente se enteraba de algo y no podían quedarse con la boca cerrada. Querían sacar provecho de lo que sabían. Les resultaba excitante saber más que los demás y que encima les pagaran por ello.

C.J. giró el globo de nieve de la repisa.

–Así que mientes. Dices que era una broma, que estabas tomándole el pelo, y te ríes. Luego, después de unas cuantas semanas, rompes la relación –añadió, y se volvió para mirarla–. Nunca se darán cuenta porque no han reparado en que tienes un tic. Después de eso, decides que no se lo contarás a nadie más.

Por alguna razón, aquel comentario acerca de su tic hizo que Natalie sonriera. Pero no duró demasiado. Tampoco nadie había descubierto su tic. Toda aquella gente que la veía en televisión y que la seguía en las redes sociales cada día, y nadie había descubierto algo tan evidente, a diferencia de C.J.

Volvió a mirarlo. Era increíble que nadie se hubiera dado cuenta en todos aquellos años. No estaban tan lejos de Dénver, como mucho a una hora, y estaban hablando de los Beaumont y de sus vidas de telenovela.

–¿No se dio cuenta? Porque yo sí. Veo ese órgano vestigial que tienes.

–Mi padre…

–¿Pat?

C.J. se volvió hacia ella e ignoró su interrupción.

–Mide dos metros. Tiene antepasados escoceses e irlandeses. Sus ojos no son ni verdes ni azules. Cuando era pequeño, era pelirrojo, aunque con el tiempo se le oscureció el pelo y se volvió castaño.

–Te pareces a él.

Podía estar describiendo a Hardwick Beaumont. Eso explicaría por qué nadie había visto su parecido con Beaumont si también se parecía a Patrick Wesley.

–Me parezco a mis padres.

Era una declaración sencilla y esta vez el músculo no se le contrajo.

Una nueva sensación se apoderó de ella. Se sentía culpable. Sabía muy bien lo que iba a pasar a continuación. Quizá pasaran el resto de las Navidades en silencio.

–Lo siento mucho, C.J.

Él frunció el ceño.

–¿Qué sientes?

–Haberte encontrado.

C.J. soltó el aire y se acercó al sofá. Luego se sentó dejando medio metro entre ellos.

–No me has estropeado la Navidad –le dijo–, así que deja de preocuparte.

–Pero…

Él sacudió la cabeza.

–Natalie, ya te he dicho que nos preocupemos solo del presente. No sé qué deparará el futuro, así que ya me preocuparé cuando llegue el momento.

Así que lo entendía. Había dado con él. Había estado semanas haciendo preguntas sobre Carlos Julián e Isabel Santino para dar con el hijo bastardo de Hardwick Beaumont. Había descubierto la conexión y, al hacerlo, había abierto la brecha para que otros hicieran lo mismo. Y él lo sabía.

–¿Por qué no te has enfadado aún más conmigo? –preguntó, y se quedó mirándolo, mientras él seguía contemplando el fuego–. Deberías estar furioso.

Tenía que haberla dejado en la nieve. Se merecía su ira, aunque tampoco serviría para nada.

–No lo sé –dijo como si él tampoco lograse comprender por qué no se habían enfadado con ella–. Quizá…

La miró un momento y forzó una sonrisa. Por un instante, Natalie pensó que iba a terminar su frase. Luego se levantó y apartó con el pie una caja casi vacía.

–Deberíamos recoger todo esto. Después saldré a ver si puedo poner en marcha el generador.

Terminaron de decorar y bajaron las cajas vacías. Natalie trató de adivinar por qué no estaba enfadado con ella. No había destrozado su vida, pero sí se la había trastocado. Había habido gente que la había amenazado por mucho menos.

Pero si la amenazaban o la llamaban estúpida, eso significaba que llamaba la atención de esa gente. Así funcionaba el mundo. O, al menos, así había funcionado antes de conocer a C.J. Wesley. Estaba ante alguien que tenía todo el derecho de estar furioso con ella y ¿qué hacía él?

Le había salvado la vida, le había brindado calor y seguridad. Incluso iba a dejar que pasara la Navidad con él. Le había proporcionado tranquilidad con un simple abrazo cuando había bajado la guardia y le había hablado de su infancia.

Y lo único que le había pedido a cambio había sido que no husmeara en su vida. No había habido amenazas, ni acoso físico o sexual, solo amabilidad.

Deseó no haberlo encontrado.

Capítulo Seis

—¿Cuánto crees que ha caído?

C.J. y Natalie estaban frente a la ventana panorámica, mirando aquel paisaje blanco.

—Unos setenta centímetros, tal vez más. Eso de ahí —dijo señalando un montículo—, es tu coche.

—Vaya.

C.J. resopló. Tendría suerte si recuperaba su coche antes de marzo, pensó mientras veía salir la luna entre las nubes. De pronto, el paisaje quedó bañado de un blanco brillante y cristalino.

—Qué calma se ve ahí fuera.

Ella se cruzó de brazos y se estremeció.

Estaban lejos de la chimenea, pero ninguno de los dos se apartó de la ventana. Él contuvo el impulso de pasarle el brazo por los hombros y atraerla hacia él.

—Eso lo dices ahora porque todavía no sientes claustrofobia.

Natalie lo miró de reojo.

—¿Acaso va a ser eso un problema?

Por supuesto que iba a ser un problema. Ya lo estaba siendo. Habían pasado la tarde decorando el cuarto de estar. Habían sido incapaces de ceñirse al aquí y ahora. En vez de eso, la había abrazado y ella le había preguntado si tenía tres pezones. ¿Qué demonios pasaría al día siguiente?

¿Se aburrirían? El aburrimiento no traía nada bueno.

Sabía la cura para la claustrofobia: quitarse toda aquella ropa, acurrucarse junto a su cuerpo y dedicar horas a perderse en ella.

Y no podía hacerlo, por mucho que lo deseara. Posiblemente fuera algo normal entre dos adultos que se atraían y que se habían quedado atrapados bajo una nevada.

Pero esa no era la única razón por la que quería rodearla entre sus brazos. En parte se debía a la expresión que había visto en su cara cuando le había dicho que la veía sola. Lo cierto era que no sabía si lo estaba o no, pero al decirlo en voz alta, le había hecho darse cuenta de algo.

Él sí que estaba solo. Aparte de a Cindy en la universidad, no le había contado a nadie que era un Beaumont. Llevaba años guardándoselo para él.

Habían sido largos y solitarios años. Y todo porque no confiaba en nadie para contarle la verdad. Había asumido que a quien se lo contara, reaccionaría como lo había hecho Cindy, con sorpresa seguida de avaricia.

Pero a Natalie ni siquiera había tenido que contárselo. Ella conocía la verdad y sabía que todo era cierto. No tenía sentido mentir.

Sabía que Hardwick Beaumont era su padre y…

No era que le diera igual. No habría llegado

tan lejos de haber sido así. Pero al menos no se comportaba como si él fuese una cuenta bancaria y ella estuviera empeñada en sacar dinero. En vez de eso, se había disculpado y no tenía motivos para sospechar que no había sido una disculpa sincera.

Aun así, no quería ser una historia más en su programa. Claro que, por otro lado, le había hecho darse cuenta de lo difícil que era guardar los secretos de otros y tampoco quería seguir haciéndolo. Lo cierto era que no sabía lo que quería.

Así que se concentró en el presente.

—Mañana, cuando salga el sol, pondré el generador en marcha. Si puedo llegar al granero, sacaré la moto de nieve. Podremos dar un paseo después de que dé de comer a los caballos.

Ella sonrió, pero a C.J. no parecía agradarle la idea.

—¿De verdad?

—Sí.

Tenía que llevarla con él. A pesar de lo que le había prometido y de la sinceridad con la que se había disculpado, no podía dejarla sola en casa.

Sería divertido. Le gustaba montar en la moto de nieve y hacía el tiempo perfecto para ello. La llevaría a dar una vuelta y le enseñaría el rancho. Luego, irían hasta donde estaban los acebos salvajes. Tenía que hacerse con un árbol, así que tendría que llevar una cuerda y…

Habían pasado trece años desde que le había pedido a Cindy que se casara con él y cuatro desde que sus padres habían empezado a irse al sur en invierno, para evitar tanto las nevadas como a los Beaumont.

Le sorprendía que fuera la primera vez que tenía compañía en Navidad, aunque no tanto como lo mucho que había echado de menos tener a alguien con quien hablar. Por supuesto que hablaba con sus padres, pero aquello era diferente.

Ella se echó hacia él y sus hombros se rozaron.

–¿Sabes? Creo que no me he tomado un día libre desde… Bueno, ni siquiera me acuerdo. Esto está siendo, bueno, no exactamente unas vacaciones, pero sí toda una experiencia.

–Mejor que estar deprimido –convino–. Mañana nos divertiremos.

Natalie no se apartó y permanecieron uno al lado del otro contemplando el paisaje bajo la luz de la luna.

Resultaba tentador pensar que nada más existía en el mundo. Ni ella era presentadora de televisión ni él iba a pasear por el pueblo vestido de Santa Claus preguntándose si cuando lo miraban, verían a un Beaumont o a un Wesley. En aquel momento, solo existían ellos, la nieve y aquella tranquilidad.

C.J. deseó que todo permaneciera como estaba. Quería disfrutar del presente. Aquellos momentos eran un regalo y quería aprovecharlos.

Sin pararse a pensarlo, deslizó un brazo alrededor de sus hombros y la abrazó con fuerza.

–Si mañana consigo que funcione el generador, podremos ver alguna película. ¿Cuál es tu película favorita de Navidad?

Natalie tardó en contestar.

–Nunca celebro las Navidades. No me gustan, por motivos evidentes.

C.J. sintió curiosidad acerca de lo que había dicho de sí misma, que era una quejica malcriada que lo echaba a perder todo. Hasta cierto punto era cierto que había alterado su vida, pero tampoco iría tan lejos como para decir que se la había estropeado.

–Tenemos tiempo –dijo estrechándola contra él–. Podemos ver todas las que quieras.

Otro escalofrío la recorrió.

–¿Te apetece un chocolate caliente?

No entendía el extraño deseo de cuidar de ella, pero estaba cansado de resistirse. Sabía que acabaría arrepintiéndose, pero de momento, lo seguiría.

Ella lo miró divertida, con los ojos abiertos de par en par.

–Solo si tienes nubes.

–¿Por qué clase de hombre me tomas? Por supuesto que tengo nubes.

Juntos, regresaron a la cocina. Ni él la soltó ni ella se apartó. Cuanto más tiempo pasaba con ella, más difícil le resultaba ver a la presentadora de aquel programa de televisión dedicado a los cotilleos y a las habladurías.

Era simplemente Natalie, una mujer complicada y caótica. Porque cuando no se comportaba como una presentadora de televisión, era dulce y vulnerable, la clase de mujer a la que unas nubes hacían feliz.

Estaba siendo un idiota. Aquello no era más que una falsa ilusión, agradable pero falsa. No tenía ninguna seguridad de que lo que hiciera o dijera no acabara siendo divulgado en su programa.

Pero no había esperado aquella sensación de libertad. Sabía la verdad y no hacía falta que siguiera ocultándosela. Podía ser él mismo. Bueno, quizá no del todo.

Vaya lío.

En la cocina, C.J. sacó un bote de cacao en polvo soluble y las nubes mientras Natalie volvía a encender el hervidor eléctrico.

—Eso es una bebida infantil. En el fondo no eres más que un niño grande, ¿verdad?

C.J. buscó en la despensa hasta dar con un licor de hierbabuena.

—Esto no lo bebía de niño.

Ella abrió los ojos como platos y se quedó mirándolo. C.J. recordó la noche anterior, cuando se le había insinuado. ¿Estaría pensando en eso? Porque él sí. Había intentado no pensar en la manera en que su cuerpo se había fundido con el suyo y en cómo le había acariciado la mejilla, pero le había sido imposible.

¿Lo intentaría de nuevo? ¿Oprimiría sus pechos contra el suyo y le acariciaría el pelo, hasta que no le quedara otra opción que besarla apasionadamente?

Y lo más importante, ¿estaría dispuesto a permitírselo? ¿Se olvidaría de toda lógica y sentido común y se perdería en su cuerpo?

Sí. Bajó la vista hasta su boca y la vio pasarse la lengua por el labio inferior. En aquel instante, supo sin ningún género de duda que no sería lo suficientemente fuerte como para apartarla.

Tomaron sus chocolates y se los llevaron al cuarto de estar.

—Sujétamelo —le pidió, dándole su taza para echar más leña en el fuego.

Cuando se volvió, Natalie se había sentado en medio del sofá y lo observaba con aquella mirada suya.

Si fuera prudente, tomaría su taza y se sentaría en el suelo, mantendría la distancia entre ellos.

Pero no debía de ser tan prudente como pensaba, porque en vez de eso se sentó a su lado y la rodeó con el brazo, atrayéndola hacia él. Ella le devolvió su taza y apoyó la cabeza en su hombro. En un silencio cómodo, se tomaron el chocolate mientras observaban la danza de las llamas.

—¿Qué estarías haciendo si yo no estuviera aquí? —preguntó ella.

—Lo mismo, pero solo.

—¿De verdad no tienes a nadie?

C.J. dio un largo trago a su chocolate, sintiendo el ardor del licor bajando por la garganta.

—Tengo a mis padres, pero no es lo mismo. Desaparecen en invierno y no vuelven hasta marzo.

—No he hablado con mi padre desde las Navidades pasadas —admitió ella—. Intento hacerlo una vez al año, pero no sirve de nada.

—Debe de ser duro en estas fechas.

Ella se encogió de hombros y frunció el ceño. C.J. apoyó la cabeza en la suya. Aquello era un error, pero no estaba dispuesto a levantarse de aquel sofá.

–Me mantengo ocupada. Para mí, el día de Navidad es otro día más.

Aquello era probablemente lo más triste que había dicho hasta entonces.

–El día de Navidad es uno de los mejores días del año y te lo demostraré. Suponiendo que podamos salir, me tendré que disfrazar de Santa Claus para la fiesta de Nochebuena de Firestone y tú –dijo dándole un apretón– vas a ser la ayudante de Santa Claus.

Lo cual no era más que otra señal de que había perdido la cabeza. Si podía llevarla a Firestone, eso suponía que alguien podía ir a buscarla. No sabía quién, pero eso no era problema suyo. La llevaría hasta el pueblo, alguien la recogería y, en algún momento, cuando pudiera limpiar el acceso, le devolvería el coche. Ese había sido el plan.

Pero ya no. Tenía que mostrarle que la Navidad no era un día más, sino un tiempo de esperanza y renovación, un tiempo de cambio.

Teniendo en cuenta que todo había cambiado ya y que continuaría cambiando, era preferible difundir alegría y esperar lo mejor.

En el fondo, sabía que sus días de anonimato estaban contados. Hacía demasiadas preguntas, las que la gente se haría. Pero quizá pudiera...

Vaya, no sabía. Quizá debería anticiparse. Podía

contactar con Zeb Richards o incluso con Chadwick Beaumont. Ambos eran hermanastros suyos. Tenía que avisarles de lo que iba a pasar y quizá supieran qué hacer para que el impacto fuera positivo para todas las personas afectadas.

Natalie lo miró.

–¿Quieres que te ayude a repartir regalos?

–Es mejor dar que recibir. Recuperas la fe en la humanidad.

Se quedó mirándolo largo rato, como si no pudiera creer lo que estaba viendo. Él sentía lo mismo. Lejos de las cámaras, de familiares y de vecinos, se estaba empezando a dar cuenta de que Natalie Baker era alguien que podía gustarle mucho.

Natalie volvió a acurrucarse a su lado.

–¿Alguna vez hablas con ellos?

No hacía falta que le preguntara a quién se estaba refiriendo.

–No.

–Cuando Zeb Richards se casó, todos nos preguntamos si aparecerías. Todos estábamos allí.

Lo sabía. En *De buena mañana con Natalie Baker* habían cubierto la información sobre aquella boda durante semanas.

–Lo vi.

Había recibido un correo electrónico invitándole, pero no había querido aparecer en público. Hacía unos meses que Zeb se había puesto en contacto con él para invitarlo a cenar en su casa. Echando la vista atrás, C.J. se daba cuenta de que aquello había sido el principio del fin. Zeb lo había encontrado a él y a otro hermanastro ilegítimo, Daniel, y, como si de un hermano mayor se tratara, Zeb los había invitado a unirse a él en la cervecera Beaumont cuando la había recuperado.

Pero C.J. no estaba interesado en participar en la venganza de Zeb. No se podía confiar en los Beaumont, así que se había apartado.

Recordó algo. Zeb había dado una conferencia de prensa en la que había anunciado que la cervecera volvía a estar en manos de los Beaumont. Natalie la había cubierto. De hecho, ella había sido la que había conseguido el dato de que había un tercer bastardo en alguna parte.

Era una mujer muy tenaz.

—¿Qué vas a hacer ahora que lo sabes?

Iba a tener que enfrentarse a lo que surgiera, pero no quería que aquel tren desbocado se lo llevara por delante.

—Estoy perdiendo audiencia. Mi trabajo está en la cuerda floja y no sé hacer otra cosa. Le dije a mi productor que te encontraría y si no lo hago, me quitará del programa. Solo sé ser Natalie Baker.

Sintió que se encogía. Se bebió el resto del chocolate, dejó la taza y la rodeó con sus brazos. Luego la levantó y la sentó sobre su regazo. No debería desear consolarla porque estaba a punto de arruinarlo todo. No, aquello no estaba bien. Aquella mujer estaba a punto de cambiarlo todo.

Pero mientras deslizaba su mano arriba y abajo de su espalda, se preguntó si quizá había llegado el momento de hacer cambios.

–Sigo sin querer ser una de tus historias. No soy una celebridad con la que puedas comerciar. Esta es mi vida. Soy hijo de Bell y Pat Wesley.

–Eres un buen hombre, C.J.

Aquello no era una respuesta. Natalie lo rodeó por la cintura con los brazos y C.J. pensó que quizá no necesitaba una respuesta en aquel momento.

–Yo también pienso que eres buena, cuando no pretendes ser alguien diferente.

Permanecieron sentados un largo rato. C.J. se fue adormilando cautivado por el fuego y la calidez de su cuerpo junto al suyo.

Justo cuando estaba a punto de dormirse le pareció escuchar un susurro.

–No, no lo soy.

Capítulo Siete

–Natalie.

Natalie gimió, acurrucándose en búsqueda de calor. ¿Ya había amanecido? Sí, eso parecía. Apretó los ojos con fuerza. No quería despertarse.

–Natalie –repitió.

Esta vez fue consciente de que aquella voz le hablaba cerca del oído.

Era la voz de C.J. Aquellos eran los brazos de C.J. Se sentía cálida y segura a su lado, y no quería levantarse.

Pero ¿qué estaba pasando? ¿Eran aquellos los brazos de C.J.? Y aquel fuerte y acogedor pecho en el que estaba apoyada, ¿era el de C.J.?

Demonios. ¿Qué había hecho? Trató de pensar. ¿Se habían acostado? No recordaba. Si se había acostado con él, le gustaría acordarse.

–¿Por qué frunces el ceño?

Sintió el roce de algo cálido y húmedo. Sus labios.

–Siento despertarte, pero tenemos que levantarnos –susurró junto a su piel.

Sin moverse, trató de hacer balance. Tenía la mejilla comprimida contra un jersey, el mismo sobre el que descansaba su mano. Lentamente, movió los pies. Seguía con los calcetines puestos. ¿Estaban vestidos?

–¿Hay alguna manera de que esta situación no resulte tan incómoda?

–¿Por qué iba a resultar incómoda?

Al oír aquello, abrió un ojo y se quedó mirándolo. Él se echó hacia atrás lo suficiente para mirarla, pero había muy poco espacio entre ellos. Natalie se percató de que tenía la cabeza apoyada en su brazo y le estaba acariciando el pelo.

–Anoche, nosotros…

–¿Sí?

–¿Qué hicimos? –preguntó, sintiendo que las mejillas le ardían.

A tan corta distancia, aquella media sonrisa resultaba aún más peligrosa porque lo único que tenía que hacer para saborearla era inclinar la cabeza y unir los labios a los suyos.

–Tomamos chocolate frente a la chimenea. Creo que me pasé un poco con el licor de hierbabuena porque nos dormimos.

En aquel momento, tenía los dos ojos abiertos. Podía distinguir las manchas verdes y marrones de los ojos de él. A lo lejos, eran de color avellana, pero de cerca eran de dos tonos diferentes.

–¿Y eso es todo?

Esta vez fue él el que frunció el ceño.

–Sí.

No podía creerlo. Aquella era la primera vez. En otras ocasiones en que se había quedado traspuesta y a solas con un hombre, se había despertado semidesnuda sin recordar qué había pasado. Tampoco le había importado. Despertarse en los brazos de un hombre y con su sabor en la boca era la prueba de que alguien la había deseado, y eso era lo más importante. Era preferible eso a la sensación de vacío que siempre tenía cuando recogía su ropa y se marchaba sigilosamente.

–Creo que estás acostumbrada a relacionarte con la gente equivocada.

Eso fue todo lo que dijo, pero fue suficiente. Había entendido sin necesidad de decírselo.

Natalie hundió la cara en su pecho. No quería mirarlo y ver su gesto de confusión y, tal vez, de furia.

–¿Tenemos que levantarnos?

–Solo si quieres tener calefacción y agua caliente –bromeó–. Va a hacer un bonito día. Vamos a poder salir del cuarto de estar.

Natalie sintió alivio por el cambio de tema de conversación.

–¿Incluso de la cocina?

C.J. rio.

–Vamos, tengo grandes planes para hoy y mañana es Nochebuena –dijo animado, y le dio un beso en la frente–. Pongámonos en marcha.

Antes de que pudiera devolverle el beso, la hizo levantarse del sofá.

Mientras se lavaba la cara con agua fría en el baño pensó que era demasiado recatado, algo que no podía ser sano ni normal. Cualquier otro hombre habría aprovechado la ocasión. Ya se le había insinuado en una ocasión. Le gustaba. Si la besara, no haría nada para detenerlo.

También parecía que le gustaba. Al principio, había sido evidente que no. Pero según pasaba el tiempo allí encerrados en aquella casa, más relajado parecía. Cuanto más cómodo estaba, más la rozaba, pero no de una manera acosadora. Recordó la sensación de su brazo alrededor de sus hombros mientras contemplaban el paisaje nevado bajo la luz de la luna y lo agradable que había sido acurrucarse a su lado y tomar aquel chocolate caliente en el sofá. No tenía que esforzarse en fingir ser alguien que no era para despertar su interés.

Tenía grandes planes para ella y si al día siguiente llegaban al pueblo en la moto de nieve, sería Santa Claus en una fiesta navideña.

¿Quería quedarse para asistir a la fiesta? En un principio, C.J. había querido que alguien fuera a recogerla al pueblo para que se fuera. No podría recoger su coche hasta que limpiaran las carreteras y no sabía cuándo sería eso.

¿Pero quién iba a ir a recogerla? ¿Steve, su productor? ¿Kevin? Seguramente preferiría que muriera por congelación para poder quitarla del programa.

El caso era que no tenía dónde ir ni nadie que la estuviera esperando. Por otro lado, cuanto antes regresara a Dénver, a su elegante apartamento decorado en blanco y negro, sin un solo adorno navideño, antes se enfrentaría a otra Navidad solitaria. Tendría que mentalizarse para hacer la llamada de cada año a su padre y desearle felices fiestas.

Además, antes tendría que enfrentarse con Steve y tomar una decisión respecto al desconocido bastardo de los Beaumont.

¿De veras podía hacerle eso a C.J.? ¿Podría exponerlo a la opinión pública y someterlo a la misma presión a la que se tenía que enfrentar cada día? No se lo merecía, y tampoco lo buscaba. Era un hombre demasiado bueno como para dejárselo a aquellos lobos porque no podría defenderse. Era demasiado correcto como para sobrevivir en ese mundo. Lo sabía y seguramente él también.

Aun así, no podía permanecerá allí escondida para siempre por muy tentadora que le resultara la idea. Tenía obligaciones y, antes o después, iba a tener que decidir.

¿Era C.J. simplemente una historia que contar o era algo más?

Decidió que ya lo pensaría más tarde.

Cuando salió del cuarto de baño, C.J. había crecido tres tallas. Se había puesto un mono con una capucha que le hacía parecer el abominable hombre de las nieves.

—Dios mío, supongo que atentar contra la moda es la única forma de mantenerse caliente.

Él rio.

—Si quieres, puedes protegerte de la nieve con ese ridículo abrigo tuyo.

Natalie suspiró de manera exagerada.

—Después de lo que te ha costado salvarme de morir congelada, no me gustaría que tu esfuerzo hubiera sido en balde —dijo, y tomó el mono, que parecía pesar una tonelada–. Cielo santo –exclamó, volviendo a dejarlo en el sofá.

–Hace unos diez grados bajo cero ahí fuera. No quiero que te congeles, si no, tendré que volver a hacerte entrar en calor.

Ella alzó la cabeza, no por lo que había dicho sino por cómo lo había dicho. El suave timbre de su voz hizo que se despertaran en ella sensaciones en lugares ocultos.

–Pensé que no quedaba agua caliente.

–Hay otras formas de calentar el cuerpo.

Una oleada de calor la invadió al observarlo fijamente. No debería ser tan sexy con aquel mono tan horroroso. Pero la forma en que la miraba, como si estuviera a punto de abrir un regalo de Navidad…

Paseó la mirada por su cuerpo, el mismo cuerpo que había estado entre sus brazos unos minutos antes.

–¿Como cuáles?

Quizá quería que la desenvolviera, que le quitara las mil capas de ropa que la cubrían y que le hiciera el amor delante de la chimenea. Ella podía ser su regalo y él el de ella. Sin contar los que recibía por el trabajo, hacía mucho tiempo que no abría un regalo.

C.J. contrajo el músculo del mentón.

–Quitar la nieve con la pala te hará entrar en calor.

Natalie se aclaró la voz y se puso el aparatoso mono de nieve por las piernas.

–Ah, ¿es eso lo que vamos a hacer?

–Para empezar, sí. La moto de nieve puede alcanzar los sesenta kilómetros a la hora. A esa velocidad, el viento es helador.

C.J. sacó una especie de capucha que, cuando Natalie la tomó, se dio cuenta de que era un pasamontañas de neopreno.

–No sabía que fuéramos a robar un banco –bromeó mientras se lo ponía.

–Con una cara como la tuya, no creo que tuvieras problemas por robar un banco.

Nada más decir aquello, C.J. dio un paso hacia ella y le ajustó el pasamontañas después de recogerle unos mechones de pelo.

–Nadie pensaría que alguien tan atractiva como tú fuera capaz de hacerlo –añadió.

Aunque no lo parecía, hablaba completamente en serio. Sus ojos se clavaron en los de ella mientras sus dedos rozaban sus mejillas. Luego tiró del mono hasta cubrirla con la capucha y acabó poniéndole una bufanda.

–Ya está. Seguramente no podrás bajar los brazos.

Natalie lo intentó y descubrió que sí podía, aunque no del todo. Estaba empezando a sudar. Nunca antes había tenido tantas capas encima, y eso que había vivido toda su vida en Dénver. Quería salir fuera y comprobar lo abrigada que estaba, pero a la vez, no podía apartar los ojos de los de C.J.

–¿Pasa algo?

Era difícil no sentirse incómoda por su aspecto

cuando apenas un tercio de su cara asomaba. Probablemente, se la veía abultada y estrafalaria, nada glamurosa.

Pero la manera en que C.J. la estaba mirando… Había un brillo en sus ojos que no había visto el día anterior y que no pensaba que tuviera que ver con la luz del sol que inundaba la casa.

–No –dijo él volviéndose para ponerse la capucha–. Vamos a ver cómo está todo ahí fuera.

Estaba bastante mal. Tuvieron que salir por la puerta principal porque había metro y medio de nieve bloqueando la de la cocina. Aun así, tuvieron que limpiar con palas el porche para abrirse paso. Sin lugar a dudas, caminar con tanta nieve era el ejercicio más intenso que Natalie había hecho jamás. Si no hubiera tenido a C.J. a su lado, se habría asustado porque ¿cómo demonios iba a salir de allí? Aunque no supiera exactamente cuándo podría marcharse, antes o después se iría a casa. Pero su coche no era más que un montículo de nieve y el frío tan intenso que podía sentirlo bajo el neopreno.

Podía quedarse allí hasta la primavera y no sabía si esa idea la aterrorizaba o no.

No tuvo tiempo de pensarlo porque, de repente, una bola de nieve le cayó en el brazo. Miró a su alrededor y vio a C.J. haciendo otra bola con la nieve.

–Ah, no, no te atrevas –gritó.

Dejó caer la pala, tomó un puñado de nieve y, sin ni siquiera darle forma, se la lanzó.

–¡Eh! –exclamó riendo.

Se lanzaron bolas el uno al otro, con mejor puntería C.J. que ella. Probablemente había participado en muchas batallas de bolas de nieve y habría jugado a la pelota con su padre en el jardín durante años. Ella no. Ni siquiera había tenido nunca una casa con jardín. Resultaba divertido jugar a tirarse bolas de nieve, teniendo en cuenta el cuidado que ponía C.J. en no lanzárselas a la cara.

Se lo estaba pasando bien. Era una sensación tan extraña que le costaba reconocerla. Entre risas, llegaron a un lado de la casa y C.J. propuso una tregua.

El generador estaba ubicado en una pequeña construcción a metro y medio de la puerta de atrás. Por un momento, Natalie se sintió culpable. Si no hubiera tenido que ocuparse de llevarla hasta la casa para evitar que muriera de frío por su inadecuada indumentaria, ya habría podido poner el generador en marcha. Pero una vez había comenzado la nevada, no había habido forma de salir.

–¿Puedes empezar a apartar la nieve de la puerta trasera mientras voy al cobertizo? –preguntó C.J. con cierto tono de cautela, como si no la creyese capaz de quitar la nieve.

–Claro.

El aire le helaba los pulmones y la nariz iba a quedársele roja para siempre después de aquello, pero por lo demás, no tenía frío. Tuvo que deshacer el camino para recoger la pala de donde la había dejado antes de la batalla de bolas de nieve. Luego, se puso a trabajar.

A pesar de que estaba en forma porque corría y tomaba clases en el gimnasio, no estaba preparada para el esfuerzo de quitar tanta nieve con la pala. Era un trabajo intenso porque la nieve estaba húmeda y era difícil recogerla con la pala. Por fin despejó la puerta y se dirigió al cobertizo. Él ya había desaparecido en su interior y, al cabo de unos segundos, oyó un zumbido.

Debía alegrarse de volver a tener energía eléctrica. Estaba deseando darse una ducha caliente, pero también suponía que, si no necesitaban estar delante del fuego, podían dormir en habitaciones separadas. No tendrían excusa para sentarse delante de la chimenea para entrar en calor ni recostarse el uno en el otro mientras tomaban un chocolate caliente. Volverían a comportarse como eran.

Aquella idea la entristeció. Pero luego recordó que le había prometido ver alguna película una vez hicieran las faenas.

C.J. salió del pequeño cobertizo y soltó un silbido.

–Buen trabajo. ¿Estás lista para ir al establo? Tengo que dar de comer a los caballos. Deben de estar muertos de hambre. Luego, sacaremos la moto de nieve.

Natalie asintió y, caminando con dificultad, recorrieron los treinta metros que los separaban del establo. Dentro, hacía frío pero no demasiado. C.J. le mostró dónde guardaba el pienso y le dijo qué cantidad echar en cada cubo. Luego, les habló a los caballos con voz suave y tranquilizadora.

–Todavía estaremos así un poco más, chicos –les dijo mientras les llevaba paja y llenaba los cubos de agua.

Natalie se sobresaltó cuando uno de los caballos bufó.

–¿Has estado antes con caballos? –preguntó C.J.

–Creo que es evidente que no. Soy una mujer de ciudad.

Podía haberla hecho sentirse como una estúpida por no saber qué hacer, pero no lo hizo. En vez de eso, le dedicó una sonrisa alentadora.

–Estás haciendo un gran trabajo.

Podía ser uno de esos comentarios cínicos, pero viniendo de él, parecía completamente sincero.

Estuvieron en el establo una hora. C.J. tenía seis caballos y a cada uno le dedicó un tiempo. Estaba preocupado por sus animales, lo cual solo confirmaba lo buena persona que era. No estaba siendo amable con ella porque quisiera algo. Simplemente, era así de amable.

De nuevo, aquella sensación de culpabilidad. Si hablaba de él en su programa para salvar su empleo, todo aquello cambiaría para él.

Trató de convencerse de que el interés por él no duraría para siempre. Quizá interesara una temporada, pero antes o después, ocurriría algo y la gente dejaría de prestarle atención. Tal vez alguien descubriera algo de Daniel Lee y siempre estaba el próximo nacimiento del hijo de Zeb Richards. O quizá alguno de los Beaumont más jóvenes cometiera una locura. Algo pasaría, se dijo, y C.J.

perdería el interés del público. Ella recuperaría su audiencia y su programa volvería a estar a salvo.

Y después de eso…

–¿Lista? –preguntó C.J.

En algún momento, se había bajado la capucha. Incluso tan abrigado, estaba muy guapo.

–Sí.

Tenía que estarlo.

Al fondo del establo había una puerta grande y, al lado, un espacio en el que había tres motos de nieve. Le costó trabajo, pero por fin C.J. logró sacar la más grande del establo. Era una lástima que llevara tanta ropa, porque a Natalie le habría gustado ver todos aquellos músculos en acción.

Quizá en verano, pensó, pero de inmediato apartó aquel pensamiento. No volvería. C.J. no querría volver a verla. Aquellos momentos, a solas los dos, estaban siendo muy especiales. Una vez volvieran a sus vidas, la magia de aquel momento se esfumaría y nunca volverían a disfrutarlo.

Nunca volvería a despertarse en sus brazos, con aquella sensación reconfortante y cálida. Tampoco volvería a dormirse con él, con la tranquilidad de confiar en él plenamente.

¿Qué le estaba pasando? No le gustaba aquella nostalgia ni la sensación de culpabilidad.

–Vamos allá –anunció C.J. con un contagioso entusiasmo en su voz.

Sonrió cuando la ayudó a subirse a la moto de nieve. Luego, se sentó delante.

–Agárrate fuerte –dijo antes de encender el motor.

Natalie apenas tuvo tiempo de sujetarse a su cintura antes de que la moto se pusiera en marcha, y salieran a toda velocidad.

Se protegió el rostro ocultándose tras su espalda y se asomó para contemplar el manto blanco que cubría el paisaje.

La moto hacía más ruido del que había imaginado, lo que le impedía escuchar el silencio que los rodeaba. La sensación no era mucho más diferente que en el cuarto de estar. Estaban solos en aquel entorno impoluto y a Natalie le gustaba mucho más de lo que debería.

C.J. aminoró la marcha y señaló unas formas oscuras a lo lejos.

–Allí está mi rebaño –dijo levantando la voz.

–¿Tienes que darles de comer? –respondió a gritos, recordando lo hambrientos que estaban los caballos.

Él sacudió la cabeza.

–Les dejé paja suficiente, aunque tendrán que escarbar para dar con ella. Pero estarán bien.

Luego, continuaron el paseo hasta que C.J. detuvo la moto ante unos bultos nevados.

–Mira.

A Natalie le zumbaban los oídos.

–¿Que mire el qué?

Estaban en medio de la nada, pero aun así, Natalie se bajó y se quedó a la espera.

C.J. se acercó caminando a los bultos y empezó a patearlos para quitar la nieve hasta que aparecieron unas intensas hojas verdes y unas bayas rojas.

–¿Acebo?

C.J. asintió con la cabeza y sacó una navaja, cortó varias ramas y se las dio para que las sujetara. Luego, se acercó a un bulto mayor. De nuevo, sacudió la nieve y dejó al descubierto un arbusto al que también cortó unas ramas que le entregó.

–Nos falta una cosa más –dijo indicándole que dejara las ramas en la parte trasera de la moto.

Le tendió la mano y ella la tomó.

Juntos se adentraron en la espesura del bosque. Bajo los árboles, no había tanta nieve acumulada, así que los acebos y demás arbustos apenas estaban cubiertos con una ligera capa. Natalie se detuvo al ver una pareja de cardenales posarse en una rama de un pino, como si fueran dos adornos.

C.J. siguió su mirada y vio los pájaros. Dio un paso atrás y sus hombros volvieron a rozarse, mientras los contemplaban saltar de rama en rama. La naturaleza había decorado el árbol para ellos. Era la estampa más bonita que había visto jamás.

Cuando los pájaros levantaron el vuelo, Natalie se volvió a C.J.

–Nunca había imaginado algo tan bonito.

Él se quedó mirándola, con una sonrisa misteriosa en los labios.

–Yo tampoco.

No le pareció que estuviera hablando de los pájaros, así que bajó la mirada, cohibida. Luego, volvió a tomar la mano de C.J. Siguieron caminado un poco más hasta que él se detuvo y le señaló un árbol pequeño.

–¿Qué te parece?

–Es muy bonito.

De unos dos metros de altura, tenía una forma de cono perfecta y gruesas ramas cubiertas de nieve.

–Entonces es tuyo.

Natalie se sorprendió al ver a C.J. sacar una pequeña sierra de un bolsillo.

–¿De veras?

–Es Navidad –dijo él, poniéndose de rodillas para serrar el tronco–. ¿Y qué es una Navidad sin un árbol?

Una mezcla de sentimientos se apoderó de ella. No recordaba la última vez que había tenido un árbol de Navidad, tan solo aquel de la foto, cuando todavía formaban una familia feliz.

C.J. le estaba regalando un árbol, un árbol de verdad para una Navidad de verdad.

Cuando el árbol cayó al suelo, él se levantó y la miró.

–¿Estás llorando?

Natalie sollozó y con el guante se secó los ojos.

–No –mintió.

Le daba igual que se diera cuenta de su tic.

C.J. se quedó mirándola.

–Bien –dijo con aquel suave tono de voz suyo–. No quisiera que se te congelara la cara en el camino de vuelta.

–¿Cómo vas a llevar el árbol? No creo que pueda sujetarlo a la vez que me agarro a ti.

–Tengo mis propios métodos –contestó tomando el tronco.

Lentamente, se encaminaron hacia la moto de nieve. Una vez llegaron, C.J. sacó una cuerda de otro misterioso bolsillo. Al cabo de unos minutos, había atado el árbol a la parte trasera de la moto de nieve. Tenía suficiente cuerda para hacer un fardo con las ramas del acebo. Natalie se agarró a su cintura, sujetó con el otro brazo el fardo y enseguida se pusieron en marcha.

A la vuelta, la casa estaba más caldeada. Natalie se afanó en quitarse los guantes y la capucha.

—Vaya frío que hace —dijo mientras se quitaba una bota.

Al instante, C.J. apareció frente a ella.

—A ver —dijo, y la tomó por los hombros para hacer que se irguiera—. ¿Tienes frío?

En la cara, las manos y los pies, sí.

C.J. le quitó la capucha y luego el pasamontañas. Al sentir una corriente de aire en la nuca, se estremeció.

—Un poco.

No pudo decir nada más porque se acercó a ella y empezó a bajarle la cremallera del mono.

La estaba desnudando lentamente. Natalie sintió que algunos rincones de su cuerpo comenzaban a arder. Deseó cambiar de postura para aliviar aquella sensación de su interior, pero no quiso romper el encanto del momento.

—Antes no me contaste qué otras formas hay para entrar en calor —dijo.

Se sorprendió al oír la sensualidad de su voz.

Deseaba a aquel hombre, no el reportaje ni las

audiencias. Quería tener a C.J. para ella sola y no compartirlo con nadie más.

Le quitó el mono por los hombros y deslizó las manos por su cintura y caderas para ayudarla a bajárselo hasta las piernas.

–Si alguien tiene mucho frío –respondió C.J. poniéndose de rodillas y levantándole una pierna–, la mejor manera de que entre en calor es con el calor corporal.

Sabía de qué estaba hablando porque lo había visto en las películas. Dos personas ligeras de ropa metiéndose bajo mantas.

Ella tragó saliva.

–¿Y cómo se hace eso? –preguntó en tono inocente.

C.J. no vio su tic porque estaba sacándole el mono por los pies. Cuando terminó, se levantó. Tenía las pupilas tan oscuras que no se distinguía el color de sus ojos, y respiraba con dificultad. No dijo nada, simplemente se quedó mirándola.

Natalie no pudo soportarlo y buscó la cremallera de C.J.

–Podrías enseñármelo.

Pero antes de empezar a quitarle el mono, él la detuvo, tomándola de las manos.

–El calentador ya debe de estar funcionando. Dúchate tú primero.

Se sintió decepcionada. ¿Qué ocurría? Lo deseaba y él a ella. Todo parecía ir a la perfección. ¿Por qué no se dejaba llevar?

Entonces, un nuevo pensamiento asaltó su

cabeza. La ducha era lo suficientemente grande como para dos personas. Agua, jabón, manos por todas partes... eso podría hacerle entrar en calor. Solo de pensarlo sentía ya el calor.

–Podrías...

–Voy a poner el árbol –dijo interrumpiéndola, y se dio la vuelta–. Vamos.

No era una petición, sino una orden.

Abrió la boca para preguntar qué estaba haciendo mal. ¿Por qué no la deseaba? ¿Era por su programa o por otra cosa?

«Por supuesto que no te desea», dijo una voz en su cabeza.

Pero no quería hacer caso a aquella voz, después del fantástico día que habían pasado y ante la perspectiva de decorar el árbol, ver películas y... de que ocurriera algo más, algo maravilloso.

–Vamos –repitió C.J., y señaló con la barbilla hacia la escalera.

Tardó en contestar, pero cuando por fin lo hizo, el sentido común se impuso.

–Gracias. Ahora mismo, lo que más me apetece es una ducha.

Nada más decir eso, se dio cuenta de que estaba mirando fijamente su cuello.

Capítulo Ocho

Por segunda vez en tres días, C.J. tuvo que contenerse para no imaginarse a Natalie Baker desnuda en su ducha. Y si la primera vez le había resultado difícil, en aquel momento le estaba resultando todo un desafío.

Porque la mujer que se estaba duchando parecía completamente diferente a la que había llegado a su casa. En vez de la mujer beligerante, atrevida y empeñada en usar su cuerpo como arma, aquella Natalie que estaba conociendo era alguien completamente diferente. Era dulce, vulnerable y muy dispuesta. No le importaba tomar un pala para quitar nieve y disfrutaba con el canto de los pájaros.

Todavía podía ser una trampa, se dijo mientras sacaba el soporte para el árbol y lo colocaba. Toda aquella dulzura podía ser parte de un plan para sacarle toda la información posible, aunque aquello no era lo que le decía su intuición, que siempre había sido muy fiable para determinar en quién podía confiar y en quién no.

¿En qué estaba pensando para bajarle la cremallera y quitarle el mono? Ni que tuviera derecho a tocarla. No, no debía hacerlo, no podía hacerlo.

Bueno, lo había mirado con aquellos preciosos ojos azules como si fuera un extraño espécimen solo porque se comportaba como cualquier hombre decente, y eso le había llegado a lo más hondo de su pecho. Y sí, cuando se había despertado aquella mañana con su cuerpo acurrucado contra el suyo, le había llegado a otras partes.

No debería haberla besado en la frente al despertar ni haberla ayudado a quitarse el mono por la tarde. Tampoco había sido buena idea hablarle de desnudarse y meterse bajo las mantas para entrar en calor.

Era así como estaba en aquel momento, desnuda, en la habitación de invitados, bajo la ducha. El agua caliente estaría deslizándose por su espalda desnuda y por sus pechos, mientras se enjabonaba aquellas curvas.

Carraspeó y se ajustó los pantalones. Tenía cosas que hacer. Tenía que concentrarse. Estaba a punto de saberse que él era el tercer heredero bastardo de los Beaumont, al día siguiente era la fiesta de Navidad de Firestone y tenía que decorar el árbol.

De camino al sótano, decidió que iba a tener que llamar a Zeb. Esta vez bajó sin linterna y tomó una de las cajas de adornos. Le debía un favor. Después de todo, era culpa de Zeb que se conociera la existencia de C.J. Lo menos que podía ofrecerle su hermano era algún tipo de apoyo. Llamaría a Zeb y mandaría a Natalie de vuelta a Dénver. Y después de eso…

Después de eso, volvería al frío y largo invierno

en el rancho. Cuidaría de sus caballos, velaría por que el ganado no muriera de frío, vería películas y bebería cerveza.

Solo. Sus pensamientos volvieron al piso de arriba, donde Natalie estaría secándose y poniéndose ropa limpia. ¿Era egoísta desear que se pudiera quedar un poco más? Podía limpiar el camino, pero remolcar el coche para sacarlo sin romper el eje delantero era prácticamente imposible. Y no parecía dispuesta a dejar su coche allí.

Optó por que se quedara. Tampoco estaba tan mal. Podría enseñarle otros rincones del rancho. Al fin y al cabo, al día siguiente tendría que ir a dar de comer al ganado. Y luego, después de que hicieran las tareas, podrían…

Bajó la cabeza y apartó aquellas imágenes de Natalie en sus brazos, desnuda para él. Deseaba acariciar su piel y ver cómo su cuerpo reaccionaba. ¿Se endurecerían sus pezones bajo su roce? ¿Qué clase de sonidos emitiría si la acariciaba?

Aquel día estaba haciendo un doloroso ejercicio de contención. Era difícil que una mujer pudiera estar sexy con un mono de nieve y un pasamontañas, pero así era. Aquella tarde, en el bosque, observando la pareja de cardenales, le había parecido la mujer más bonita que jamás había visto. Y la expresión en su cara cuando había cortado el árbol de Navidad para ella…

Despertaba algo en él y cada vez le resultaba más difícil resistirse.

Lo primero era lo primero. Al día siguiente

sería Nochebuena y estaba seguro de que, a menos que aconteciera otro desastre climatológico, podría llegar caminando a Firestone para la fiesta anual de Navidad. Mientras ella seguía arriba, aprovechó para hacer unas llamadas. Todo seguía en el aire. Quizá hubiera paseos en trineos o en motos de nieve, pero pasara lo que pasase, iba a haber una cabalgata para los niños.

Luego, dejó un mensaje para Zeb y Daniel.

—Natalie Baker ha dado conmigo. No sé qué va a hacer. Estoy intentando convencerla de que mi historia no interesa, pero por si acaso, estad preparados.

Le habría gustado advertirles de qué tenían que estar preparados, pero lo cierto era que no tenía ni idea.

Entonces, consciente de que se estaba quedando sin tiempo, sacó el teléfono de Natalie del bolsillo. No se separaba de él en ningún momento. Era una tentación encenderlo. Le había dicho que nadie la echaría de menos por Navidad y no sabía si creerla. Si encendía su teléfono, ¿habría algún mensaje de alguien que estaba pensando en ella? Un padre, un novio, un amigo… ¿O seguirían siendo aquellos horribles comentarios? Nadie debería soportar eso.

Se dio cuenta de que era de eso de lo que más miedo tenía. No era solo que la gente se enterara de quién era él, sino de que lo tratarían como la trataban a ella.

No encendió el teléfono. En vez de eso, se lo

guardó de nuevo en el bolsillo justo cuando oyó sus pasos bajando la escalera.

Lo que vio le dejó sin aliento y no supo ni siquiera por qué. Se había puesto otros vaqueros, con una camisa y un jersey, además de un par de calcetines gordos. No había motivo para que se la viera sensual, pero así era. Estaba todo en su cara. La forma en que lo miraba despertaba algo poderoso en él. La sensación comenzaba en la espalda y se le extendía por las extremidades, deseando tomarla en sus brazos como cuando se habían despertado aquella mañana.

—Hola —dijo ella casi con timidez.

Su mirada se encontró con la de él. Había algo en ella que resplandecía, algo que no había visto la primera vez que se había encontrado con ella en la tienda de piensos. En la televisión tampoco tenía ese brillo. Era difícil ver a aquella mujer cuando miraba a la Natalie que tenía delante. Ni siquiera parecía posible que fueran la misma persona.

—¿Mejor?

Ella bajó la barbilla y lo miró por encima de sus pestañas.

—Sigo teniendo un poco de frío.

Como para demostrarlo, se rodeó con sus brazos y fingió un escalofrío.

Sabía lo que eso significaba. Si se acercaba y la atraía hacia él rodeándola por los hombros, se mostraría encantada. Él también estaba deseando hacer eso. Sabía que tenía razones para no hacerlo, aunque cada vez le resultaba más difícil recordarlas.

–Ven y ponte delante de la chimenea.

Ella arqueó una ceja, decepcionada porque no hubiera aceptado su reto, pero hizo lo que le pedía. O al menos, hizo el amago, porque al ver el árbol detrás de él, su rostro se iluminó.

–Vaya –exclamó abriendo los ojos de par en par–. Es lo más bonito que he visto jamás.

–Espera a que lo decoremos.

¿Estaría mal besarla? ¿Tan terrible sería fingir que, al menos por un rato, la realidad no les estaba esperando cuando se derritiera la nieve?

¿Podría confiar en que si la besaba no iría por ahí contándolo? ¿Podría confiar en que no pasaría de un beso?

Se volvió hacia él con la mirada iluminada. No estaba seguro de que pudiera, y mucho menos de que quisiera. Se había mantenido tan alejado de quien no fuera su familia que se había olvidado de lo que era sentir conexión con otra persona. Eso era precisamente lo que sentía en aquel momento.

–¿Tenemos que decorarlo? –preguntó ella–. Es tan bonito así.

No pudo contenerse. Dio un paso hacia ella y le acarició la mejilla.

–¿Verdad? –dijo sin mirar el árbol.

Natalie sintió su mano en la cara.

–Sigues frío –susurró ella con un hilo de voz.

C.J. no se había dado cuenta. Lo único que sentía era la calidez de su piel junto a la suya.

–No me importa.

Inesperadamente, su gesto se ensombreció.

–Vaya –dijo decepcionada, y se apartó para mirar el árbol–. Entiendo.

–¿Qué es lo que entiendes?

No había querido decir nada, y mucho menos que se apartara de él.

Natalie se acercó a las cajas de adornos y abrió una.

–Está bien –dijo en un tono que evidenciaba todo lo contrario.

–Natalie, ¿qué es lo que está bien?

Ella permaneció inmóvil.

–No quieres ducharte ni dejarme sola en tu casa. Está bien. Quiero decir que no voy a violar tu intimidad y entiendo que no quieras correr el riesgo –dijo sacando una ristra de cuentas de colores–. ¿Dónde quieres que ponga esto?

C.J. se quedó mirando su nuca.

–Natalie.

–¿Lo pones alrededor del árbol? –preguntó sin volverse.

Recorrió la distancia que los separaba y la obligó a darse la vuelta. No le quedó otra opción que mirarlo.

–Natalie, no es a eso a lo que me refiero.

Ella cerró los ojos.

–No tienes por qué explicarme nada. Sé que no pensabas pasar así estos días de Navidad y yo…

No pudo acabar la frase porque C.J. la besó bruscamente. Abrió los ojos de par en par y soltó un pequeño grito que a punto estuvo de hacer que se apartara. Pero antes de que pudiera hacerlo, cerró los ojos con fuerza y suspiró junto a sus labios. Luego lo rodeó por el cuello y lo atrajo hacia ella antes de devolverle el beso. Separó los labios con un gemido y dejó que C.J. metiera la lengua en su boca.

Tenía un sabor dulce que recordaba a vainilla. Sabía a galleta y deseó mordisquearla lentamente.

Aunque no podía por varias razones. Oyéndola gemir mientras le metía y sacaba la lengua de la boca, era incapaz de recordar esas razones. Pero el que no pudiera recordarlas, no significaba que no existieran, así que se obligó a apartarse. Ella cerró los ojos, jadeando, y a punto estuvo de besarla de nuevo. Luego lo miró y vio una felicidad que no esperaba encontrar. Estaba feliz de que la hubiera besado.

De pronto tuvo dudas. ¿Se alegraba porque había querido que la besara? ¿O acaso formaba parte del plan para dar con la historia que estaba investigando?

Entonces le acarició la mejilla y esbozó una sonrisa ladeada.

–Ya está, ya has entrado en calor.

Se volvió para marcharse, pero C.J. la tomó del brazo y la sujetó con fuerza.

–Natalie –dijo sin saber qué pedirle.

¿Quería que lo besara? ¿Quería asegurarse de que aquello era real? ¿Acaso quería algo más?

No lo sabía, y tampoco parecía saberlo ella. Acercó su frente a la de ella e incluso aquel sencillo gesto le pareció un gran avance.

No había tenido una relación seria desde la universidad, desde la última vez que había querido contarle a alguien que era un Beaumont.

La última vez que le había hablado a alguien de Hardwick Beaumont, todo se había echado a perder. Pero Natalie ya lo sabía y con cada hora que pasaba, parecía importar menos.

Cuánto deseaba que no importara nada.

Fue Natalie la que rompió el silencio.

–Ve a ducharte. Te esperaré para decorar el árbol.

–¿Qué vas a hacer tú?

Ella sonrió con tristeza.

–Ha sido un día muy largo. Creo que me sentaré en el sofá a contemplar el fuego.

Podía tomarle la palabra porque era cierto que había sido un día muy largo. La había hecho levantarse temprano y había estado quitando nieve con la pala antes de llevarla a dar un paseo en la moto de nieve.

O podía quedarse, olvidarse de la ducha y seguir vigilándola.

Ya la había besado, ya había hecho su elección.

–No tardaré mucho –le prometió, acariciándole la mejilla.

Todo su cuerpo se estremeció de deseo.

Confiaba en no tener que arrepentirse de aquello.

Capítulo Nueve

La había besado apasionadamente.

Era la clase de beso que dejaba a una mujer ardiente y ansiosa. La clase de beso que conducía a mucho más que a un simple abrazo.

La había besado y luego la había dejado sola.

Aquellos dos pensamientos no dejaron de repetirse en la cabeza de Natalie mientras se preparaba un café y se acurrucaba en el sofá. La había besado y la había dejado sola por primera vez desde que llegara.

Simplemente eso ya era increíble. Pero lo que era aún más increíble era el hecho de que estuviera haciendo exactamente lo que le había pedido. Iba a quedarse sentada allí mirando el árbol que había cortado para ella y contemplando el baile de las llamas en la chimenea.

No quería que fuera una historia más en su programa ni quería compartirlo con nadie. Para alguien que se ganaba la vida aireando la de los demás, era una sensación extraña no querer que nadie más supiera de aquello. Pero aquellos momentos eran solo de ellos y de nadie más.

¿Qué se suponía que debía hacer? ¿Seguir deseando que aquella especie de vacaciones navideñas se alargaran para siempre? Esa no era respuesta y lo sabía. Una cosa era inmiscuirse en la privacidad de C.J. un par de días y otra soñar con que aquello podía dar paso a algo duradero. Además, tenía un trabajo que hacer, un trabajo que adoraba.

Al menos, lo había adorado hasta entonces.

Se quedó mirando fijamente el café como si fuera a encontrar en él las respuestas. ¿Y si no le hubiera gustado su trabajo? ¿Y si lo odiara? ¿Y si lo que había pretendido había sido acaparar la atención y sin darse cuenta había acabado harta?

Porque lo estaba. Estaba harta de los comentarios negativos, harta de esforzarse tanto en conseguir reacciones que ya no le importaba si eran buenas. Estaba harta de todo aquello y no se había dado cuenta hasta que C.J. le había quitado el teléfono.

No, era más que eso. Le había quitado el teléfono y entonces la había empezado a tratar como a una persona real. No era una mercancía ni un cuerpo sin más. Era una mujer y, después de un beso como aquel, quizá pudiera llegar a ser una mujer que le gustara, lo cual no estaba nada mal.

No había tenido ninguna relación, así que no sabía si eso era posible.

Estaba tan absorta en sus pensamientos que no lo oyó bajar. Estaba considerando cómo sería su vida si dejaba de ser la Natalie Baker la de la televisión, si dejaba de esforzarse por acaparar la atención de todo el mundo en vez de concentrarse en

118

acaparar la de un solo hombre. Y, de repente, C.J. apareció ante ella, sonriendo como si se sintiera aliviado por haberla encontrado donde le dijo que iba a estar. Tenía el pelo mojado de la ducha y sintió el deseo de besarlo en el cuello y comprobar a qué sabía.

Pero no lo hizo.

–¿Decoramos el árbol ahora?

Se le veía contento. El deshielo había tardado varios días en producirse. ¿Qué pasaría si se derretía completamente?

–Voy a poner música navideña y nos pondremos manos a la obra.

Todo aquello era nuevo y excitante. Solo oía música navideña en la televisión o cuando iba de tiendas.

C.J. puso un canal de música por internet y escucharon canciones de diferentes cantantes, desde Elvis a Mariah Carey, pasando por Bing Crosby. C.J. se sabía la letra de todas las canciones y no cantaba nada mal.

Pusieron las luces y colocaron los adornos, algunos de los cuales eran de su niñez. Pero Natalie no preguntó nada. Era suficiente con saber que había tenido una infancia maravillosa, porque resultaba evidente.

Recordó todo lo que sabía de los Beaumont: los divorcios, los escándalos, los rumores. Sabía mucho de los Beaumont y algunos de ellos no habían tenido una infancia feliz, algo en lo que coincidían con ella.

Pero él había tenido una vida diferente, una vida en la que los adornos se sacaban cada año por Navidad, con villancicos y chocolate caliente.

¿Cómo habría sido su vida si hubiera disfrutado de la ilusión de la Navidad?

C.J. tenía razón, el árbol sin decorar era bonito, pero decorado...

—Es impresionante —dijo Natalie, y sintió un nudo en la garganta.

¿Por qué nunca lo había hecho, por qué nunca había tenido un árbol, aunque fuera pequeño, y lo había decorado? ¿Por qué no había celebrado antes la Navidad?

Porque la Navidad era un tiempo de alegría y diversión, de esperanza y paz. ¿Acaso se merecía algo de eso?

—¿Qué prefieres, una película navideña o fútbol? —preguntó C.J., sacándola de sus pensamientos.

Ella lo miró sonriente.

—Película —contestó decidida y enseguida añadió—: Apenas he visto películas navideñas, así que te dejaré elegir.

C.J. preparó un gran cuenco de palomitas y también chocolate. Esta vez echó menos licor de hierbabuena. Luego se acomodaron en el sofá y Natalie extendió una manta sobre ellos antes de empezar a ver una película.

—¿De verdad no la has visto antes? —preguntó C.J. mientras ella reía.

Natalie trataba de parecer normal, pero era evidente que no lo estaba consiguiendo. Al parecer, todo el mundo conocía aquella película.

–En Navidad siempre estoy muy ocupada –mintió.

C.J. se quedó mirándola fijamente durante largos segundos y Natalie recordó que tenía un tic. Estaba a punto de decir algo para disimular la vergüenza que sentía, pero él se le adelantó.

–Me alegro de que hayas podido tomarte unos días y te hayas quedado conmigo –dijo, aunque no era del todo verdad–. ¿De verdad no has visto nunca una película de Navidad?

–Claro que sí. Recuerdo haber visto de niña *La Navidad de Charlie Brown y Rudolph, el reno*.

Había intentado volver a verlas un año después de que su madre se fuera, pero su padre había roto la pantalla de la televisión con el mando a distancia.

¿Cuántos años tenía entonces? ¿Siete?

Apartó aquellos tristes recuerdos y se concentró en la película. También en C.J. Sentía su cuerpo cálido junto al suyo y, de nuevo, sintió el deseo de estrecharse contra él y besarlo. Pero no como muestra de gratitud, sino porque quería hacerlo.

Después del beso que se habían dado, era evidente que él también la deseaba.

Pero no lo hizo. Aquel beso había sido casi perfecto y por primera vez se preguntó si el sexo podía complicar las cosas. No quería complicaciones. No quería besarlo y que de nuevo la apartara de su lado.

No quería que la rechazara ni tampoco aquella sensación de vacío que quedaba después. Si se acostaban, quería que significara algo.

Quería significar algo para él.

Así que era mejor no hacer la pregunta. Además, estaban viendo la película. Cuando terminó, el cuarto de estar se quedó a oscuras. El cuenco de las palomitas estaba a un lado y las tazas de chocolate por alguna parte en el suelo. C.J. estaba tumbado sobre su espalda y Natalie recostada sobre su pecho, con la manta encima de ambos. Estaba tentada de cerrar los ojos y dormirse en sus brazos porque sabía que cuando se despertara seguiría allí y todo estaría bien.

La tentación aumentó cuando comenzó a acariciarle el pelo.

–¿Has decidido lo que vas a hacer mañana? –le preguntó C.J.

Después, apagó la televisión con el mando a distancia y la rodeó con su brazo.

Natalie se alegró de que no tuviera prisa por levantarse.

–Si quieres, puedo buscar a alguien para que venga a buscarme al pueblo mañana. Nunca había tenido una Navidad como esta.

C.J. permaneció callado, pero siguió acariciándole el pelo. Un cosquilleo le recorría toda la piel.

–Todavía se tardará unos días en poder sacarse tu coche. Y no sé en qué estado estarán las carreteras de aquí a Dénver.

Natalie alzó la barbilla para poder mirarlo. Te-

nía los ojos entornados, pero la estaba observando.
Con la mano con la que le había estado acariciando el pelo, le apartó unos mechones de pelo de la
cara y, con la otra, empezó a dibujar círculos en su
espalda como atrayéndola hacia él.

—¿Y si quiero quedarme?

—¿Es que quieres ir a la fiesta de Navidad de mañana?

Ella sacudió la cabeza y lo vio tragar saliva.

—¿Sigues buscando datos para tu reportaje?

Solo de pensar en aquello le entraban ganas de
llorar.

—No, esto no tiene nada que ver con eso.

Sus ojos se encontraron y Natalie se estremeció.

—No quiero ser un reportaje más.

—No lo eres —le aseguró, aunque no estaba segura de poder mantener la promesa.

Él suspiró, dejó caer la cabeza sobre un cojín y
se quedó mirando el techo.

—Pero necesitas esa historia, ¿verdad? Y como
mis padres insistieron en ocultar la verdad, ahora
despierta interés. Además, está el asunto de la fortuna familiar y, por supuesto, de la familia. Tengo
hermanos, pero no quiero perder mi vida por rela-
cionarme con ellos. ¿Lo entiendes?

Natalie se quedó mirándolo, tratando de comprender el sentido de sus palabras. ¿Qué le estaba
ofreciendo? ¿Una entrevista? Aunque así fuera, eso
no cambiaba el hecho de que perdería el anonimato.

Estaba atrapado entre la espalda y la pared, y
era ella la que lo había puesto en esa situación.

–Estoy harto de esconderme.

Se quedó de piedra. Ella no tenía nada que ver con que se escondiera. No era ella la que lo retenía allí, en medio del crudo invierno.

Quizá no fuera ella el único problema. Se quedó mirándolo y se sintió algo aturdida mientras observaba su rostro. Ningún músculo se encogió en su mandíbula. Aquel hombre no sabía mentir. Quizá…

–Estoy harto de guardar los secretos de otras personas –continuó–. Estoy harto de mentiras. No quiero que me mientas más.

–No lo haré.

Suavemente, le acarició la mejilla por encima de la sombra de la barba. Esta vez, no le tomó la mano para apartársela y dejó que explorara su piel.

No fue hasta que le acarició el labio inferior que la detuvo.

–Natalie, dime de qué va todo esto. Cuéntame la verdad.

Le tomó la mano, pero no se la apartó. En vez de eso, se la llevó a los labios y la besó.

–Eres un buen hombre. Eres atento, trabajador y decente, y me gustas.

Era demasiado bueno para ella, pero aun así le gustaba.

Podía usar contra él todo lo que le había contado. Estaba bastante segura de que, si se lo proponía, podía convencerse de que le estaba haciendo un favor al sacarle del anonimato y darle el mismo protagonismo que a los Beaumont. ¿Que no quería seguir ocultándose? Ella podía arreglarlo para que eso cambiara.

Pero no sería justo para él y, cuanto más tiempo pasaba a su lado, menos ganas tenía de hacer pública su historia solo por conseguir que los índices de audiencia subieran.

Aquel hombre le gustaba mucho más de lo que debería.

Quizá acabara pagando con lo que más había valorado siempre, su trabajo.

—No voy a hacerlo, C.J. —repitió, convencida de que hacía lo correcto—. Eres más que una historia para mí.

Aquel era el momento en el que debería decirle que dejara de tocarlo, que no confiaba en ella. Se apartaría y le diría que se durmiera.

Pero no hizo nada de esas cosas.

—Si te quedas —dijo con voz profunda—, no seré capaz de evitar hacer esto.

Deslizó la mano hasta su trasero y la empujó hacia él. Ella se lo permitió. Lo estaba deseando. Se apoyó en su pecho y esta vez fue ella la que lo besó. Sabía a chocolate y a hierbabuena. Aunque solo fuera por un rato, deseaba creer que era suficientemente buena para él.

—Si me quedo, tampoco podré hacer nada por evitar esto —dijo antes de volver a besarlo, esta vez con más intensidad.

C.J. jadeó y buscó el bajo del jersey, luego de la camisa y después de la camiseta. Cuando por fin llegó a su piel y la acarició, ella se estremeció.

–¿Tienes frío? –murmuró con los labios pegados a su piel.

No. Estaba ardiendo por el intenso calor que se expandía desde su vientre al resto de su cuerpo.

–Tal vez.

Él se echó hacia atrás y tomó su rostro entre sus manos.

–Si tienes frío, debería calentarte.

–Creo que deberías hacerlo.

Consiguieron subir la escalera, aunque no fue fácil. Ella fue tirando de su jersey para sacárselo por la cabeza a la vez que él hacía lo mismo. Y luego siguieron con las camisetas que llevaban debajo. Había manos y bocas por todas partes, mientras ella se afanaba en sus pantalones y él trataba de bajarle la cremallera. Natalie tenía la ventaja de llevar unos vaqueros grandes, por lo que le fue sencillo despojarse de ellos en mitad del pasillo.

–¿Hacia dónde? –preguntó ella, que solo había estado arriba en el cuarto de invitados.

–Por aquí, espera.

C.J. se apoyó en la puerta y le quitó la última de las camisetas por la cabeza. Bajó la vista a su sujetador y sus ojos se clavaron en aquellos pechos cubiertos de encaje rosa.

–No son de verdad –dijo ella rápidamente antes de que la tocara–. Me puse implantes hace unos años.

No solía contárselo a nadie, pero le había pedido que fuera sincera.

Tardó unos segundos en volver a mirarla a los ojos.

–El cirujano debía de ser bueno, porque nunca me habría dado cuenta.

Volvió a bajar la vista y levantó las manos, pero no la tocó.

–¿Sientes algo?

Natalie se echó hacia delante buscándolo y automáticamente C.J. cerró las manos sobre sus pechos y le acarició los pezones con los pulgares.

–Eso lo he sentido.

Después de la operación, todo había sido distinto durante una temporada, pero con el tiempo había recuperado la sensibilidad.

C.J. alargó las manos y le desabrochó el sujetador. Al quitárselo, ella se estremeció. Hacía frío en aquel pasillo. Sus pezones se endurecieron y C.J. reaccionó emitiendo un sonido ronco desde el fondo de su garganta.

–¿Y esto?

Tiró de sus pezones y Natalie arqueó la espalda ofreciéndole sus pechos.

–Ah, sí.

C.J. no había dado un paso por abrir la puerta y llevársela a la cama. Parecía a gusto donde estaba, dedicándole toda su atención a sus pechos.

–¿Qué te parece esto? –dijo, y pellizcó suavemente uno de sus pezones y apretó–. ¿Te gusta?

No había pensado que fuera posible desearlo aún más, pero así fue en aquel momento. Para él, ella era una persona con deseos y necesidades, y sabía que cuidaría de ella. Lo había sabido, desde que la recogió y la llevó a su casa para que no se muriera de frío.

–No pares –le pidió.

C.J. se tomó su tiempo y siguió acariciándole los pechos. Cuando le tomó un pezón con los labios, no pudo soportarlo más y, jadeando, se estrechó contra él. Luego, enloqueció de deseo al sentir que apretaba con los dientes.

–C.J., no puedo soportarlo más.

Pero siguió sin soltarla. En vez de eso, sin apartar la boca de ella, metió una mano entre ellos. Todavía tenía puestas las bragas y los calzones largos, pero eso no lo detuvo. Su mano continuó deslizándose bajo las cinturas elásticas de ambas prendas hasta acabar acariciando su sexo.

–Creo que sí –murmuró junto a su piel antes de volver a seguir mordiéndole el pezón.

Solo pudo sujetarse a sus hombros y observar cómo le lamía los pechos. Sus dedos comenzaron a acariciarle en círculos el clítoris y se recostó contra él. En el momento en que alzó la vista para mirarla, supo que estaba perdida y se dejó llevar mientras las sacudidas de placer hacían que se le doblasen las piernas.

Pero no tenía de qué preocuparse, porque al venirse abajo, C.J. la tomó en sus brazos.

–Estás muy guapa cuando te corres –susurró.

Ella abrió la boca para decir algo. Era lo que normalmente hacía, halagar las habilidades de su amante con más o menos sinceridad, o exagerar un orgasmo que a veces ni siquiera había tenido.

Pero aquel orgasmo había sido alucinante y no se le ocurría qué decir. En vez del intenso vacío que solía sentir, se sentía especial y maravillosa. Era una sensación tan extraña, que enseguida decidió que quería más.

Lo quería todo de él.

Su erección era tan potente que le resultaba físicamente dolorosa, aunque merecía la pena. Tenía unos pechos fabulosos, independientemente de que fuera de verdad o no. Y verla correrse…

Había sido uno de los momentos más excitantes de su vida. La había dejado sin palabras y eso le hacía sentirse bien.

Natalie le acarició el miembro y perdió el poco autocontrol que le quedaba. La tomó en brazos y abrió la puerta de su habitación. Luego cayeron sobre su cama, con las piernas y brazos entrelazados. Le quitó las bragas y la dejó completamente desnuda. Quería tomarse su tiempo, pero ya no podía esperar más. Aquello era algo espontáneo.

–¡Oh, C.J.! –exclamó ella al liberarlo de su ropa.

A punto estuvo de perder la cabeza al sentir su mano rodeándole su miembro erecto. Lo estaba acariciando y a duras penas podía contenerse.

–Ahora, cariño –le dijo él.

Se apartó lo suficiente para llegar a la mesilla de noche y sacar un preservativo.

–¿Cómo te gusta? –le preguntó.

El desconcierto sustituyó momentáneamente la expresión de deseo de su rostro. C.J. se preguntó si alguien le habría hecho antes aquella pregunta.

—Me gusta cuando juegas con mis pechos —respondió mientras le observaba ponerse el preservativo.

—Entonces, ponte encima.

Así podría observarla mejor. Había estado a punto de hacerle alcanzar el orgasmo solo de jugar con sus pezones. ¿Cuánto la haría disfrutar si seguía haciéndolo mientras le hacía el amor?

Natalie se sentó a horcajadas sobre él. Sus movimientos no eran lentos ni delicados. Lo guio hasta su sexo y, al penetrarla, le pellizcó los pezones. Aquello era maravilloso. Su sabor, su calidez húmeda, los sonidos que emitía al separarla para volver a hundirse en ella…

Se rindió a ella completamente. Su placer era el suyo mientras subía y bajaba hundiéndose cada vez más en él. Sus manos la recorrieron por todas partes sin dejar de chuparla, lamerla y morderla hasta que Natalie echó la cabeza hacia atrás y se estremeció. Luego, la tomó por las caderas y empujó, dejándose llevar por las sacudidas del orgasmo.

Natalie se desplomó sobre él. Ambos jadeaban y el sudor los cubría.

—Dios mío, Natalie —dijo levantándola para bajarla y colocarla a su lado.

Luego, se quitó el preservativo y tiró de las sábanas hasta quedarse cubiertos.

Estaba callada y no sabía si eso era bueno o malo. Esperaba no haber sido demasiado brusco con ella.

—Quédate conmigo. Pasa aquí la Navidad. Quédate el tiempo que quieras.

Ella permaneció en silencio largos segundos.

–No puedo. Me gustaría, pero…

Su respuesta no era una sorpresa. Los inviernos en el rancho eran largos, pero no duraban todo el año. Además, con el tiempo, se cansaría de aquella vida. Acabaría deseando volver a la comodidad de vivir en una gran ciudad en vez del aislamiento y el trabajo duro que conllevaba la vida en un rancho.

Lo entendía. Pero ¿qué pasaría cuando se marchara? Había tardado menos de cuatro días en meterse en su cama. Si se quedaba hasta Año Nuevo, ¿cuánto tiempo tardaría en robarle el corazón?

Como todo lo relacionado con aquella mujer, había un riesgo. Pero, al parecer, estaba dispuesto a correrlo y dejar a un lado el sentido común.

–Dudo que la nieve se derrita antes de Nochevieja.

Ella se incorporó, apoyándose en los codos, y se quedó mirándolo fijamente. Una mezcla de emociones asomó a su rostro.

–¿Te parece bien eso?

¿Qué clase de pregunta era esa, teniendo en cuenta además que estaban desnudos en brazos uno del otro?

La hizo rodar y se colocó sobre ella. Ese simple movimiento volvió a provocarle una erección. Sentía sus pechos bajo él y sus piernas se enredaron con las suyas. Empezó a empujar lentamente, dirigiendo su miembro hacia su sexo.

–Te deseo –le dijo, tomándola de las manos y

131

sujetándoselas por encima de la cabeza–. Estoy harto de contenerme. Te deseo.

–No soy lo suficientemente buena para ti –susurró mientras comenzaba a estremecerse de placer al sentir su contacto–. Todo lo estropeo.

–Eso es mentira. Quien fuera que te haya dicho eso, estaba mintiendo.

Se apartó de ella el tiempo suficiente para buscar otro preservativo en la mesilla de noche. Luego se colocó sobre ella y, de una embestida, se hundió en su cuerpo.

–Eres buena para mí y me gusta tal como eres.

Si no podía convencerla con palabras, lo haría con hechos. Y hundiéndose en ella, embistiéndola una y otra vez, le demostró lo mucho que la deseaba.

Más tarde, cuando estaban entrelazados bajo las sábanas y ella ya dormía, se le ocurrió algo. Le había dicho que lo había estropeado todo y no era la primera vez que lo había dicho.

¿Y si no estaba repitiendo algo que se le había metido en la cabeza de pequeña?

¿Y si no se había referido al pasado? ¿Y si le había estado hablando del futuro, de su futuro?

El sueño tardó en llegar.

Capítulo Diez

El día de Nochebuena se le pasó volando a Natalie. Ayudó a dar de comer a los caballos y recorrió con C.J. el rancho en la moto. Luego, disfrutó viéndolo romper con un martillo el hielo de los estanques para que pudieran beber las vacas. Era un placer ver todos aquellos músculos en acción.

La temperatura había subido. Cuando llegaron al tercer estanque, C.J. se bajó la cremallera del mono de nieve, se bajó la parte superior y se lo dejó colgando por la cintura. La nieve había empezado a derretirse y de los árboles empezaba a caer el agua del deshielo. Todo estaba brillante y C.J. sabía lo que eso significaba.

Era el principio del fin. Una vez se derritiera la nieve, Natalie no tendría motivo para quedarse. Lo cual era una lástima, porque lo suyo acababa de empezar.

Una vez de vuelta en la casa, C.J. pasó un buen rato en el teléfono hablando con sus vecinos para asegurarse de que todo estuviera listo para la fiesta de esa noche. Luego se fue arriba y volvió con un jersey rojo y unos pantalones verdes. También bajó un top rojo con mangas de campana y un lazo en el cuello, y una falda verde. Incluso tenía unas medias de rayas blancas y rojas y un sombrero verde y rojo con unas orejas pegadas. Era tan ridículo que Natalie sonrió.

–Todo esto te va a quedar muy grande –observó al darle la ropa–. Para la cabalgata puedes ponerte estos pantalones verdes encima del mono y después, para la fiesta, lo otro. Eso, si no te importa ser mi elfo. Tendrás que estar a mi lado y repartir juguetes entre los niños.

–Será un placer ser tu elfo –dijo ella probándose las orejas–. Por cierto, ¿sabe alguien que estoy aquí?

–No se lo he contado a nadie. Si quieres, podemos decir que eres la invitada de honor.

Una semana antes, habría exigido que lo dijera para ser en centro de atención.

Pero no era eso lo que quería en aquel momento. Podía aprovechar aquella fiesta navideña para aumentar sus índices de audiencia y autopromocionarse, o dejar que la atención se la llevara Santa Claus y los niños. Podía ser simplemente un elfo y limitarse a repartir regalos y saludar durante la cabalgata.

–No se lo digas a nadie. Soy una más de los ayudantes de Santa.

Nunca en un millón de años se habría imaginado que diría algo así.

Claro que nunca la sonrisa de un hombre había significado tanto para ella como la de C.J.

–Puede que la gente te reconozca. Pasaste mucho tiempo en aquella cafetería.

Natalie recordó cómo había intentado sonsacar información a los vecinos del pueblo.

—Harán comentarios, ¿verdad?

Él se encogió de hombros, la rodeó con los brazos y la besó.

—No creo que sea un problema —dijo acomodándola entre sus brazos—. Hace cuarenta y dos años que se celebra esta fiesta en Firestone. No creo que nadie quiera echar a perder la tradición.

Ella no tenía tanta fe en el género humano, pero era su pueblo. Llegados hasta ese punto, tenía que mantener la esperanza.

Después de tomar algo ligero, Natalie se vistió. C.J. le había contado que habría comida y bebida después de la fiesta. De nuevo, las capas de ropa, esta vez con unos pantalones encima del mono de nieve que C.J. le ayudó a ponerse. Después, echó el resto de la ropa y el sombreo dentro de una bolsa llena de cojines.

—Sujétame esto —le dijo C.J. dándole una barba de Santa Claus.

El plan era ir al pueblo en la moto de nieve y ponerse la barba antes de subirse a un antiguo trineo para recorrer la calle principal de Firestone.

El montón de cojines tenía dos fines. Por un lado, daría la impresión de que el trineo iba lleno de juguetes durante la cabalgata. El otro propósito era más práctico. Con un disfraz de Santa Claus encima del mono, no necesitaría relleno durante la cabalgata. Pero no podía permanecer dos horas en el centro comunitario con el mono puesto sin morir de calor, así que se pondría unos cojines en la barriga una vez que empezara la fiesta.

Natalie apenas podía con el saco y la barba, a la vez que se agarraba a C.J. Aunque la temperatura había mejorado, haría frío durante el largo recorrido hasta el pueblo. Lo que en coche llevaba apenas veinte minutos, en moto de nieve era casi una hora. Para cuando llegaron a Firestone, la nariz le estaba goteando y tenía las mejillas heladas.

–Vamos a bajarnos aquí –dijo C.J.

Aparcó en una calle cubierta de nieve y la ayudó a bajarse de la moto.

–¿Vas a dejar las llaves puestas? –preguntó mientras se ponían en marcha.

Él asintió.

–Todo el mundo sabe que esta moto es mía. Esto no es Dénver, ¿sabes? ¡Jamie! –exclamó al doblar la esquina–. ¡Ya hemos llegado!

Natalie se detuvo. Era una cabalgata de no más de quince carrozas desplegadas en una estrecha calle del centro de Firestone. En la retaguardia les esperaba un trineo con un reno de verdad. Algunas de las carrozas eran plataformas tiradas por tractores y también había trineos con caballos e incluso un par de personas disfrazadas de payasos con esquíes.

Natalie se quedó mirando con la boca abierta. C.J. no había exagerado. Aquel pueblo en mitad de la nada desplegaba un gran espectáculo navideño cada año y era simplemente la cosa más mágica que había visto nunca.

–¿Lista?

C.J. se había puesto la barba mientras ella acariciaba a un reno y, de repente, se había convertido en Santa Claus.

Después, la ayudó a quitarse la capucha y el pasamontañas y a ponerse el sombrero con las orejas antes de subirse al trineo y tomar las riendas.

–Señorita, ¿cree que podrá ir de pie saludando? –preguntó Jamie mientras le daba unos cojines a C.J.

Natalie se metió en el trineo y se sujetó al respaldo del asiento de C.J.

–Enseguida lo averiguaremos –respondió con una amplia sonrisa.

Jamie se apartó.

–Nos veremos en el centro comunitario –gritó.

La cabalgata comenzó a moverse y C.J. agitó las riendas. Ya estaban listos para su aparición pública como Santa Claus y uno de sus elfos. Recorrieron una manzana antes de tener espectadores y, al verlos, Natalie pensó que todo el pueblo de Firestone había acudido al evento. En las aceras, niños abrigados con botas y gorros saludaban y gritaban a C.J. al verlo. Natalie se las arregló para mantener el equilibrio y saludar y sonreír a los niños.

Una sensación de inmensa felicidad le invadía el pecho. Nadie la reconoció. Toda su fama y notoriedad no importaban nada en aquel momento. Lo único que importaba eran los gritos y las sonrisas de los niños al ver a Santa Claus recorriendo las calles de Firestone.

Tan pronto como había empezado, la cabalgata

llegó a su fin y C.J. la ayudó a bajarse del trineo. Habían aparcado detrás de un edificio que supuso sería el centro comunitario y una mujer que parecía la esposa de Santa Claus les abrió la puerta.

–Gracias a Dios –dijo–. Daos prisa. En cualquier momento llegaran para tomar el chocolate caliente.

–Doreen –dijo C.J.–, ¿puedes enseñarle dónde están los aseos? Tengo que quitarme este mono –añadió, y desapareció por el pasillo.

–Por aquí, querida –dijo Doreen, indicándole a Natalie la dirección contraria–. Muchas gracias por ser un elfo. A los niños les encanta.

–Me lo estoy pasando muy bien –replicó Natalie con sinceridad.

Era verdad. No pensaba que algo así fuera posible en la actualidad.

Aquella inocencia y alegría infantil…

Mientras se afanaba en quitarse las capas de ropa, oyó que cada vez había más ruido en el edificio. Las familias estaban llegando para disfrutar del chocolate caliente y las galletas. Mientras se quitaba el sombrero con las orejas de elfo y se atusaba el pelo, una orquesta empezó a tocar villancicos.

Se miró al espejo. Días atrás, la idea de que alguien la hubiera visto vestida de aquella manera la habría horrorizado. Pero en aquel momento, con aquellas medias de rayas, le parecía el atuendo perfecto.

Se encontró con Doreen en la cocina.

–Van a darle la bienvenida en cualquier momento –susurró Doreen–. Cuando venga por el pasillo, únase a él. Los regalos están dispuestos por tamaños. Los planos son para los niños más pequeños, los finos para los mayores y los libros para los adolescentes. No se preocupe, C.J. sabrá a quién tiene que dar cada cosa –añadió al ver su expresión.

Las personas mayores estaban sentadas en las mesas tomando ponche mientras que los niños y adolescentes se movían por al pista de baile. Al fondo, había una mesa con bandejas de dulces y la gente se los estaba comiendo al mismo ritmo que Doreen los sacaba.

Cuando la canción terminó, la orquesta empezó a tocar otra para dar la bienvenida a Santa Claus.

–Aquí están, niños y niñas, recién llegados del Polo Norte: ¡Santa Claus y su elfo Jingles! –dijo el presentador mientras los niños empezaban a gritar.

¿Jingles? Natalie sonrió mientras la orquesta bajaba el volumen y todos sin excepción contenían el aliento con la vista puesta en el vestíbulo.

Al instante, apareció C.J. y Natalie se colocó detrás de él mientras toda la sala rompía en gritos. Adultos y niños empezaron a aplaudir mientras se dirigían a un rincón de la sala que había sido decorado con un trono rodeado de montañas de regalos.

Aquello era una locura. Se sentó junto al trono. Los padres de los niños más pequeños compitieron por ser los primeros en sentarse en las rodillas de Santa. C.J. sonrió y dedicó un tiempo a cada niño, antes de indicarle a Natalie qué libro entregar.

Durante todo el rato, se comportó como Jingles. Con cada libro que entregaba, sonreía. Aquella noche estaba riendo más de lo que lo había hecho en los últimos años. Le resultaba natural y divertido. No sentía ninguna angustia ni preocupación por lo que otra gente pensara o dijera de ella. Se acercaban a ella para darle las gracias por participar y hacer felices a los niños, en especial a aquellos que se asustaban al ver a aquel enorme hombre de barba blanca.

Nadie sabía quién era. Era la sensación más liberadora que había conocido jamás. Además, la gente se mostraba amable con ella sin un motivo en especial. No iban a sacar nada de ella, salvo diversión familiar. Y ella lo mismo.

No pensaba que la gente pudiera ser tan agradable y todo el pueblo de Firestone le estaba demostrando lo equivocada que estaba.

Después de dos intensas horas siendo Santa Claus, el centro comunitario empezó a vaciarse. Los niños tenían que irse a la cama para que Santa pudiera ponerse a trabajar y repartir regalos. C.J. y Natalie no eran los únicos que habían ido en moto de nieve e iban a tener que hacer el camino de vuelta a oscuras.

Cuando todo el mundo se hubo ido, C.J. la miró y le indicó que se sentara en sus rodillas. Natalie obedeció.

—Y tú, ¿qué quieres por Navidad, pequeña? —preguntó sonriendo bajo la barba postiza.

Natalie se quedó pensativa. Lo que más deseaba era que no terminara aquel tiempo que estaban pasando juntos.

–¿Puedo pedir otra nevada?

Algo en la expresión de C.J. cambió y a Natalie le invadió una sensación de calidez.

–Toma.

Se llevó la mano bajo su asiento y sacó el teléfono de Natalie.

Ella lo miró sorprendida.

–Has sido una buena chica –dijo, y le guiñó un ojo.

Natalie se quedó mirando su teléfono.

–¿Estás seguro?

Había llegado a pensar que se lo había destrozado con tal de evitar que tomara fotos suyas, pero se lo estaba devolviendo.

No la besó. No estaría bien que engañara a la señora Claus con un elfo.

–Confío en ti –susurró dándole un apretón.

Otra familia se acercó y Natalie se levantó para seguir con la faena. No se molestó en encender el teléfono. No se habría acordado de él si no se lo hubiera devuelto.

Un par de hombres que Natalie reconoció de las horas que había pasado en la cafetería se acercaron a C.J.

–Me voy a beber algo –le dijo antes de que él volviera la atención a sus amigos.

Confiaba en que no le advirtieran sobre ella.

Mientras se tomaba una taza de chocolate caliente, se quedó mirando el teléfono. La tentación de encenderlo era grande. ¿Qué pasaba si lo hacía? ¿Qué estaría esperándola, los habituales comentarios negativos? Probablemente algún correo electrónico de Steve, su productor, exigiendo que le informara acerca de dónde estaba y de su reportaje. Por un segundo, incluso pensó que su padre podía haberla llamado para desearle una feliz Navidad.

Pero, ¿y si no tenía nada, ni notificaciones ni mensajes?

No quería saber lo que la gente había estado diciendo, pero tampoco quería que no hubieran dicho nada. Vaya lío. Así era su vida.

A su espalda, C.J. reía con sus amigos. Ninguna de aquellas personas sabía que era un Beaumont. Daba igual que no fuera famoso. Le querían y ahora se daba cuenta de que eso era mucho más valioso.

Una sensación de paz la invadió. Quizá no necesitara comentarios positivos. Quizá solo lo necesitaba a él. Se fijó en la decoración, en las galletas y en toda aquella gente sonriente que había salido de sus casas tras la nevada para compartir un rato juntos.

No quería que aquello terminara nunca.

Pero evidentemente, eso era imposible. Nada era para siempre, ni siquiera la nieve de diciembre. Tendría que regresar y contarle algo a su productor. Todavía no sabía el qué, pero cuando se marchara…

Quería algún recuerdo, algo que le recordara

aquella Navidad que había pasado con ese cowboy tan sexy. Eso sería suficiente y más de lo que había tenido antes de llegar a aquel pueblo.

Como si tal cosa, encendió el teléfono y cerró los ojos al ver que había notificaciones. Abrió la aplicación de la cámara e hizo una foto de C.J. sentado en el trono. Lo pilló en el momento perfecto: no la estaba mirando y sus amigos habían salido del plano.

Se quedó mirando la foto. Solo se veía a Santa Claus. La única parte reconocible de C.J. eran sus ojos, y ni siquiera su propia madre sería capaz de reconocerle con aquel atuendo de Santa Claus.

Pero ella, sí. Siempre lo sabría.

Rápidamente apagó el teléfono antes de perder la fuerza de voluntad y subir aquella foto a las redes sociales.

Cuando volvió la vista hacia C.J., lo pilló mirándola. El sentimiento de culpabilidad la incitaba a decirle que acababa de hacerle una foto, pero decidió que no. Era para ella y solo para ella. El recuerdo perfecto de unas Navidades perfectas.

Alguien se acercó y le pidió una foto de ella con C.J. para el periódico local, así que puso una enorme sonrisa en los labios y fue hasta donde estaba.

A pesar de que todo iba bien, tenía una extraña sensación.

Siempre lo había estropeado todo. ¿Estropearía aquello también?

Capítulo Once

C.J. se despertó temprano como cada Navidad. Natalie seguía profundamente dormida. Era la mañana del día de Navidad y, aunque Natalie no estaba bajo el árbol, tenía lo que había pedido.

Sonrió para sí. No estaba bien que el propio Santa pidiera un regalo para él, pero deseaba tener a Natalie. Además, le había pedido más nieve en vez de su teléfono.

Seguramente aquello no era amor, aunque no estaba del todo seguro. La única vez que había pensado que estaba enamorado, se había equivocado.

La observó durmiendo. La noche anterior, el trayecto de vuelta desde el pueblo había sido largo y gélido, y no quería despertarla.

Sus pensamientos volaron hasta otra Navidad, veinte años atrás. Por aquel entonces, tenía trece años y Hardwick Beaumont era noticia por haberse vuelto a divorciar y quedarse con la custodia de sus hijos. C.J. siempre había sospechado que Pat no era su padre biológico porque su madre le había metido en la cabeza que no se relacionara con nadie apellidado Beaumont. También era consciente de la historia que sus padres habían contado sobre cómo se conocieron. Su padre estaba de visita en Dénver, disfrutando de un permiso del servicio militar, cuando había conocido a su madre y se había enamorado perdidamente de ella hasta el punto de casarse con ella antes de acabar su misión. Después de licenciarse con honores, había vuelto a Dénver y se había encontrado a su esposa esperándolo con C.J. de bebé. Era una de esas historias de amor a primera vista.

Pero no era verdad. No se habían conocido durante el permiso de Pat, sino después de licenciarse. C.J. ya tenía cuatro meses y su madre estaba desesperada. Su familia era muy religiosa y cuando se había quedado embarazada de él, la habían repudiado. Al parecer, Hardwick Beaumont le había dado un dinero, pero empezaba a faltarle y no había sabido qué hacer hasta que un apuesto soldado se había cruzado en su vida.

Solo en una ocasión sus padres le habían contado la verdad, pero no lo había olvidado. Incluso con trece años, había escuchado con atención.

No había sido amor a primera vista. Isabel Santino se había fijado en un joven apuesto que guardaba cierto parecido con el padre de su hijo. Pero más que en su atractivo, lo que había buscado había sido que aquel joven la protegiera a ella y a C.J. Los padres de Pat habían muerto mientras estaba en el servicio militar. De pronto, se había encontrado a cargo de un gran rancho que llevaba ocho meses descuidado. Necesitaba una esposa para su rancho. Isabel había solicitado un empleo, pero había acabado convenciendo a Pat para que se casara con ella y le diera un apellido a su hijo.

Pat no le había adoptado oficialmente hasta los tres años. Para entonces, Pat y Bell Wesley se habían enamorado. La adopción, más que la boda, había sido la forma de prometer amor y protección para su familia hasta que la muerte los separara. Claro que nadie más había sabido de la adopción.

Al menos, hasta hacía poco. Había habido algunas habladurías que habían llegado hasta sus oídos la noche anterior, durante la fiesta. Alguien le había advertido de que había alguien buscándolo y haciendo correr el rumor de que no era hijo de Pat sino un Beaumont. Pero la gente había estado demasiado atenta a la orquesta y al ponche.

–Sí, ya he oído algo –había contestado cuando le habían hecho alguna pregunta–. No, no estoy preocupado.

Y eso había sido todo.

Miró el dulce rostro de Natalie mientras dormía y se preguntó qué demonios había entre ellos. Todavía no tenía claro si se alegraba o no de que hubiera llegado a su vida. Si no hubiera aparecido, nadie le habría relacionado con la familia Beaumont.

Claro que tampoco estaría allí con él, ni se estaría preguntando si había algo entre ellos, algo que parecía amor.

Se levantó de la cama. En el granero le esperaba la estrella de madera que le estaba haciendo a su madre. Había cambiado de opinión: iba a dársela a Natalie. La puliría un poco más y se la dejaría debajo del árbol. No le había hablado de su infancia, al menos no con claridad. Pero observándola la noche anterior, e incluso los días previos, una cosa había quedado clara.

No sabía lo que era una Navidad y se preguntó si alguna vez habría recibido un regalo, un regalo de verdad lleno de sentido y esperanza.

Significaba algo para él, pero no sabía bien cómo calificarlo, aunque tampoco necesitaba hacerlo.

Mientras se vestía y se dirigía a los establos a dar de comer a los caballos, no dejó de desear que ella también sintiera algo por él.

Natalie se despertó. Aunque estaba acostumbrada a despertarse sola en su casa, se le hizo extraño. Era imposible que ya echara de menos a C.J., pero así era.

Permaneció allí tumbada, pero no reviviendo la mañana de Navidad en la que su madre los había abandonado ni las incómodas llamadas que llevaba una década haciendo a su padre. Por primera vez en mucho tiempo, tenía recuerdos felices.

La noche anterior había sido mágica. El paseo en trineo por el centro de Firestone, la entrega de regalos, volver a casa con C.J. y meterse con él en la cama…

Era perfecto, o casi. Tanta alegría y paz le proporcionaba compartir aquellos días con C.J., que se le hacía peligroso.

La noche anterior la había hecho sentir especial y maravillosa, le había dedicado toda su atención. Nunca se había imaginado que el sexo pudiera ser tan bueno.

Nunca había estado enamorada y eso la asustaba. No era lo suficientemente buena para él, pero no podía quitarse la idea de que quizá...

¿Qué estaba haciendo? Era Navidad, una época de esperanza, alegría y emociones. Tal vez fuera su única oportunidad de disfrutar de unas Navidades perfectas en compañía de un cowboy y no iba a perder el tiempo quedándose en la cama. Además, C.J. tenía razón. No había que pensar en el futuro ni en el pasado, tan solo en el presente.

Y aquel día, como el anterior, iba a ser un regalo que atesoraría durante el resto de sus días.

Abajo, encontró a C.J. en la cocina tomando café. Tenía las mejillas sonrosadas y una extraña sonrisa en los labios que no supo interpretar.

–Hola –dijo ella.

–Feliz Navidad –replicó él antes de tomarla entre sus brazos.

Se fundieron en un beso. Estaba dispuesta a disfrutarlo al máximo.

–Creo que Santa Claus te ha traído algo –anunció C.J. cuando se separaron.

Natalie le dirigió una mirada interrogante, pero no dijo nada. Él la tomó por la cintura y la acompañó hasta el cuarto de estar. Las luces del árbol y el fuego de la chimenea ya estaban encendidos. Natalie deseó que volviera a nevar.

No quería marcharse ni alejarse de C.J. y de aquel lugar.

—¿Cuánto hace que te has levantado? —preguntó, maravillada por la estampa que tenía delante.

Debajo del árbol había algo pequeño y dorado que no estaba allí el día anterior.

—Adelante —dijo C.J.

—Pero yo no te he comprado nada —protestó ella, arrodillándose para recoger el regalo.

Era una estrella perfecta y dorada, la estrella de Navidad. Mientras la sujetaba en las manos, sintió que el corazón se le encogía.

Ya le había dado bastante, ¿pero aquello? ¡Un regalo debajo del árbol para ella! Los ojos se le llenaron de lágrimas.

—Es preciosa. No me lo merezco.

—Tú eres preciosa y claro que te lo mereces —replicó, y la rodeó con el brazo por los hombros—. Natalie, sé que no nos hemos conocido de una manera normal y que tienes tu vida en Dénver, pero…

Se quedó mirándolo fijamente. Estaba muy serio. No solo le estaba dando una Navidad perfecta, también quería conocerla mejor. Nunca se había enamorado antes ni había soñado con encontrar a alguien que pudiera sentir algo por ella.

Se estaba enamorando de él. Era bueno, atento, considerado, pero ella no. Seguía siendo Natalie Baker, ¿no? ¿Y si ponía toda su confianza en ella, pensando que era una buena persona y luego lo estropeaba como solía estropearlo todo?

—Si quieres que sigamos viéndonos…

Debería decir que no. Debería poner fin a aquello mientras siguiera siendo perfecto, antes de que hiciera algo que lo llevara a odiarla. Porque acabaría haciéndolo.

Pero no fue un no lo que salió de sus labios. Quizá fuera el hecho de que aquella estaba siendo la mejor Navidad que recordaba. Quizá estaba siendo egoísta.

—Sí, quiero seguir haciendo todo esto.

Todo, no solo la Navidad. Quería montar con él en la moto de nieve, dar de comer a los caballos, acurrucarse bajo una manta y ver películas, ir al pueblo a encontrarse con vecinos y amigos y, sobre todo, volver a casa y meterse en la cama con él. Lo quería todo.

Siempre había deseado lo que no había podido tener: una familia feliz, amigos y un hombre al que amar. Él la hacía sentir que todo eso era posible.

Lo besó apasionadamente, tomándolo de improviso. Luego, le despojó de la ropa mientras él hacía lo mismo con la suya. La deseaba y, aunque no mecería tenerlo, ella también lo deseaba.

No estropearía aquello. Él era el mejor regalo que podía haber pedido.

Hicieron el amor delante de la chimenea, con las luces parpadeantes del árbol de Navidad. Después, permanecieron tumbados en brazos uno del otro y, por primera vez, hablaron del futuro. Él podría ir a verla y quedarse en su casa mientras ella iría los fines de semana cuando no tuviera que hacer su programa.

Su programa…

No. Apartó aquel pensamiento de la cabeza, aunque sabía que no podía seguir ignorando la realidad.

Se aferró a la cintura de C.J. y se obligó a pensar en cosas bonitas. C.J. quería seguir viéndola. Seguirían juntos. Deseaba que aquello continuara.

Cuando terminaron de ver *De ilusión también se vive*, la duda le asaltó.

Era Navidad, el único día del año en que llamaba a su padre.

Hasta ese momento, había decidido no hacerlo. ¿Por qué tenía que hacerlo?

Pero era Navidad y era su padre. Al menos él no la había abandonado, así que se lo debía.

—Voy a llamar a mi padre para desearle feliz Navidad —dijo Natalie sin demasiada emoción.

C.J. se dio cuenta.

—¿Estás segura?

Por supuesto que no lo estaba. Estaban disfrutando de una maravillosa Navidad y no quería que nada lo estropeara. ¿Cuánto tiempo les quedaba en aquella burbuja?

—No —admitió esbozando una tímida sonrisa—. Pero no quiero renunciar a él. Es todo lo que tengo.

Se estiró para tomar su teléfono, que llevaba todo el día en la mesa de centro, en silencio.

C.J. tiró de ella.

–Eso no es cierto –dijo mirándola a los ojos mientras le acariciaba la mejilla–. Me tienes a mí.

Cuánto deseaba que aquello fuera cierto.

–C.J. –susurró junto a sus labios.

–Venga, llama a tu padre.

Luego se levantó y se fue a la cocina para dejarla a solas.

No llamó de inmediato. Abrió la aplicación de la cámara y se quedó mirando la foto que había hecho de C.J. vestido de Santa Claus. Luego, la puso de fondo de pantalla.

No podía seguir postergándolo. Había dicho que llamaría y lo haría.

Dejó el teléfono sonar y sonar y, cuando estaba separándose el aparato de la oreja para colgar, oyó la voz de su padre.

–¿Qué quieres?

–¿Papá?

–¿Quién llama?

–Soy yo –contestó sintiendo un nudo en el estómago–. Natalie, tu hija.

–Ah, sí.

Tragó saliva mientras una sensación de pánico se apoderaba de ella. ¿Por qué hacía aquello? ¿Por qué seguía intentándolo año tras año?

Entonces, se quedó mirando el árbol de Navidad, con sus luces parpadeantes y su brillante estrella dorada. No era así como solía pasar las Navidades, sola y en su impoluto apartamento. Ella también se sentía diferente, se sentía mejor.

–Te llamo para desearte una feliz Navidad.

Se hizo un silencio doloroso.

—Te gusta restregármelo por la cara, ¿verdad? Todos los años tienes que llamarme y recordarme que se marchó en un día como hoy. ¿Y sabes por qué?

—¿Por qué? —preguntó con voz temblorosa.

Trató de poner contexto a las palabras de su padre. Probablemente había estado bebiendo y parecía enfadado.

—Porque echaste a perder la Navidad y cada año tienes que llamarme para recordarme que no fui lo suficientemente bueno para ella porque no supo cómo tratar a una malcriada como tú.

Y con esas, colgó.

Natalie permaneció sentada, con un profundo sentimiento de dolor en el pecho.

Claro que lo había estropeado todo, siempre lo había hecho y siempre lo haría. Incluso había echado a perder su Navidad pensando que a su padre le agradaría saber de ella.

Había pensado que…

Qué tonta había sido. Había creído que podía cambiar y ser una persona diferente solo porque C.J. la trataba con respeto. Pero estaba equivocada. Nunca cambiaría. Incluso su propio padre se lo había dicho.

Era una antigua reina de la belleza, de pechos falsos y más arrugas de las que podía disimular. Lo único que tenía era un programa, ni familia ni amigos.

¿De verdad tenía a C.J.? Había sido una semana

estupenda, unas agradables vacaciones. Pero cuando volviera a su frío apartamento, a aquellas falsas sonrisas y a sus enfrentamientos con Kevin y Steve sobre las audiencias, ¿de verdad podría contar con C.J.?

No. Sus vidas eran muy diferentes. Si dejaba todo por él, no le quedaría nada.

Necesitaba su programa, era todo lo que tenía.

Abrió la aplicación de fotos y vio a C.J. vestido de Santa Claus.

Todo estaba mal, pero sabía cómo hacer que al menos algo saliera bien.

Sintió que el estómago le daba un vuelco, pero no dejó de pensar en lo diferente que era, en cómo se preocupaba por ella, en cómo confiaba en ella...

Solo él podía conseguir que su programa se mantuviera.

Subió la foto a Instagram, escribió *Adivina quién se oculta tras la barba* y lo compartió con su productor.

Pero en vez de sentir la excitación que solía acompañarla cuando compartía algo en las redes sociales, se sintió mal, así que apagó el teléfono. No quería ver recibir comentarios.

Además, era Navidad, y escribir algo sobre Santa Claus era lo suyo. De todas formas, tampoco era para tanto. Nadie se daría cuenta de que era él.

Tenía que salvar su programa. Era lo único que tenía.

***

Natalie había permanecido en silencio después de llamar a su padre. C.J. le había preguntado si todo iba bien y ella se había limitado a acurrucarse a su lado y pedirle que pusiera otra película.

No sabía qué le habría dicho su padre, pero si no quería contárselo no iba a insistir.

La película estaba a punto de terminar cuando su teléfono vibró.

—Seguramente serán mis padres —dijo, y la besó antes de levantarse del sofá.

—¿Quieres que pare la película?

—No, sigue viéndola, cariño. Enseguida vuelvo.

Pero no eran sus padres los que llamaban.

—¿C.J.?

Era su hermanastro Zeb Richards.

—¿Va todo bien? —preguntó C.J., tratando de adivinar el motivo por el que Zeb lo estaba llamando.

Quizá solo quisiera felicitarle la Navidad.

Pero sabía que no era así. No tenían una relación de hermanos. De hecho, la única comunicación que habían tenido después de la reunión en que Zeb le había comunicado su intención de hacerse con la cervecera Beaumont había sido el mensaje que C.J. le había enviado unos días atrás.

—Depende de lo que entiendas por bien —respondió Zeb—. Parece que para Natalie Baker ya tiene una historia sobre ti.

—¿Estás seguro? Ha estado conmigo la última semana. La nevada le pilló aquí y no fui capaz de dejarla a su suerte.

—Voy a mandarte un enlace —dijo Zeb pasando

por alto lo que implicaba que C.J. y Natalie hubieran estado juntos tras la nevada–. Daniel está redactando un comunicado de prensa informando de que eres uno de nuestros hermanos, pero que pides respeto de tu intimidad y bla, bla, bla. No quiere emitirlo sin tu aprobación. También he hablado con Chadwick. Quiere que sepas que decidas lo que decidas, cuentes con él. Así que si quieres dar a conocer que eres un Beaumont, podemos hacerlo público. Y si no, haremos todo lo posible para que la noticia pase sin pena ni gloria.

¿Un enlace? ¿Y Zeb hablando con Chadwick?

–¿Sabes que es Navidad, verdad?

–Créeme, lo sé. Me he escondido de mi mujer en el estudio. No quiere que trabaje hoy, pero... –dijo, y suspiró–. Esto es importante. Eres de la familia. Por cierto, aprovecho para decirte que estás invitado a la comida de Navidad el año que viene. Casey está enfadada porque no haya invitado a toda la familia, pero le dije que quería pasar a solas nuestra primera Navidad juntos.

C.J. no podía pensar con un año de antelación. En aquel momento, ni siquiera con un minuto.

¿Cómo habría conseguido Natalie algo sobre él? Había tenido guardado su teléfono durante días y no se habían separado desde que se lo había devuelto. Durante todo el día, el aparato había estado encima de la mesa.

Le resultaba difícil considerar a los Beaumont familia. Sabía que eran parientes consanguíneos, pero no estaba seguro de querer dejar de ser un Wesley.

–Ya me dirás qué decides –dijo Zeb rompiendo el silencio–. Pero en un par de días como mucho tenemos que dar una respuesta. Cuanto antes, mejor. Daniel cree que tenemos que adelantarnos antes de que el asunto se nos vaya de las manos.

–De acuerdo –dijo C.J., sintiéndose aturdido.

No era solo porque Natalie hubiera hablado con alguien sobre él. Era porque…

Pensaba que había cambiado de opinión. No se lo había dicho expresamente, pero no había estado husmeando, ni le había hecho preguntas, ni había exigido respuestas. En vez de eso, se había mostrado frágil y vulnerable, a la vez que convencida e imperturbable. Le había ayudado en las tareas y le había acompañado a la fiesta del pueblo. Se había amoldado a él.

¿Había sido así o era parte de una estratagema?

Unos segundos más tarde, un enlace apareció en la pantalla de su teléfono y lo tocó.

–¿Quién se esconde tras la barba?

Reconoció la voz de Kevin Durante, otro presentador del mismo canal de Natalie.

–A continuación, una edición especial de *De buena mañana con Natalie Baker.*

Luego, sonó la melodía del programa mientras en la pantalla aparecían unas imágenes. C.J. se sentía peor por momentos.

Entonces la cámara enfocó a un hombre bien parecido.

–Buenos días, Dénver. Soy Kevin Durante, sustituyendo a Natalie Baker, que está de viaje cubriendo una información. Nuestra historia principal de hoy es: ¿ha sido encontrado el bastardo que faltaba de los Beaumont?

C.J. sintió un nudo en el estómago al verse sentado en el trono de Santa Claus. Al instante, se reconoció.

Se quedó mirando la pantalla. ¿Cuándo le había hecho esa foto? Trató de recordar. Había habido tal flujo de niños, de padres… Un momento. Habían hecho un descanso. Le había devuelto el teléfono y se había ido a tomar algo. Él se había quedado hablando con Dale y Larry. Tenía que haber sido en aquel momento.

Le había hecho aquella foto y la había subido a las redes. Kevin mostró la publicación original de Instagram. Como el presentador no tenía nada que contar, se puso a leer algunos de los comentarios. Eran del mismo estilo que los que había leído en el teléfono de Natalie. Todo aquello le resultaba asqueroso.

Kevin siguió hablando. Había quien decía que aquel hombre con barba era C.J. Wesley, de Firestone, en Colorado, pero nadie confirmaba o negaba el dato. Debido a las condiciones meteorológicas, nadie había podido desplazarse a Firestone y ningún Beaumont había hablado.

—Seguiremos comentando esta noticia —anunció Kevin.

No estaba dispuesto a seguir viendo aquello. Aquel era el momento en el que su vida iba a cambiar para siempre.

Aquella sensación se hizo más fuerte cuando Natalie entró a la cocina. Todavía se la veía triste. Ni siquiera sabía si había llamado a su padre o si lo había hecho a su canal.

–¿Y bien? –preguntó, conteniendo la ira que sentía.

Ella no contestó. En vez de eso, se abrazó a él y hundió el rostro en su pecho.

–La película me ha gustado, pero preferiría no haber llamado a mi padre. He conseguido que me estropeara el día.

Le fastidiaba verla triste y aún le fastidió más que sus brazos la rodearan sin su permiso y estrecharla con fuerza.

¿Aquello había sido real? Solo le había pedido dos cosas, que no husmeara en su vida y que fuera sincera, y no había cumplido ninguna de las dos.

Aun así, se aferró a aquel momento porque sabía que en cuanto la apartara de su lado, todo habría acabado. Aquella burbuja en la que estaban había estallado. En unas horas, la Navidad terminaría y todo volvería a ser como antes de que llegara.

Natalie se echó hacia atrás y lo miró con los ojos húmedos.

–¿Qué tal tus padres?

Por unos días, aquella mujer de fantasía había formado parte de un mundo de ensueño, pero todo había acabado.

–No lo sé.

–Entonces, ¿quién te ha llamado? –preguntó mirándolo desconcertada.

–Mi hermano.

Aquella palabra todavía le sonaba extraña, pero iba a tener que acostumbrarse.

–¿Te ha llamado para felicitarte la Navidad?

C.J. negó con la cabeza. Luego sacó el teléfono y le dio al botón.

Natalie tardó tres segundos en caer en la cuenta de lo que estaba viendo, los tres segundos más largos de la vida de C.J. Luego sus ojos se encontraron con los de él. Había pánico en ellos.

–Apágalo.

–¿Por qué? ¿Para esto viniste, no?

Se quedó pálida y empezó a temblar.

–No, no es esto lo que quería.

Él sacudió la cabeza.

–Has venido a cubrir una información. Tu compañero Kevin lo ha dicho.

–No –dijo contundente–. No pensé que… No deberían haber hecho nada con la foto hasta que volviera. Estaba pensando cómo desviar la atención.

–¿Desviarla? Vamos, Natalie, lo único que te preocupa es conseguir atención. Incluso disfrutas con esas cosas tan terribles que te dice la gente, ¿verdad? Bueno, ya tienes lo que buscabas. Lo arreglaré todo para que mañana mismo vuelvas a Dénver.

Unas lágrimas escaparon de los ojos, pero no iba a dejar que le conmovieran. Aquella mujer era capaz de fingir aquel llanto.

Debería marcharse. Había acabado con ella y

no iba a darle nada de lo que pudiera aprovecharse.

Pero le dolía verla así, tratando de mantener la compostura. La vio tragar saliva.

–Será lo mejor. Siento haberme inmiscuido en tus Navidades.

Quiso llamarla mentirosa. Se había dado cuenta de que había hecho el tic. Había llegado a creer que la estaba conociendo.

–Solo te pedí que fueras sincera.

–Y lo he sido –afirmó con rotundidad–, solo que he cometido una equivocación. Llamé a mi padre. No fue muy agradable y me dio miedo. Lo único que tengo es mi programa. Sin él, no soy nada.

C.J. soltó una carcajada.

–Una equivocación es un accidente, Natalie. No puedes convencerme de que tomaste la foto accidentalmente y luego accidentalmente la subiste a las redes sociales y que tu compañero, también accidentalmente, preparó un reportaje de cuatro minutos sobre mí.

Ella cerró los ojos con fuerza.

–Ha sido un error–murmuró–. Encontrarte, venir hasta aquí… Te lo advertí. No soy más que una quejica malcriada que todo lo echa a perder.

La última vez que le había dicho eso, no había estado de acuerdo con ella. Pero esta vez, sí. No había tragado saliva, por lo que no estaba mintiendo.

Natalie hundió la cabeza entre las manos y se apretó los ojos con las palmas.

–Deberías haberle dado un hachazo a mi teléfono. No sabes cuánto desearía que hubieras destrozado ese aparato.

–Yo, también –dijo él con amargura–. Yo, también.

Capítulo Doce

Las siguientes veinticuatro horas fueron las más tristes en la vida de Natalie. Durmió en el cuarto de invitados, sola. C.J. dejó de hablarla. No podía culparlo. Era inquietante la forma en que la observaba. Su mirada era fría y no le quitaba los ojos de encima.

Era consciente de que ella sola se lo había buscado, pero también estaba muy enfadada con su productor y con Kevin. Se habían aprovechado de su fotografía para sacar un reportaje. Había supuesto que Kevin tendría la decencia de esperar al menos hasta que volviera al estudio, pero no había sido así. Ni siquiera se había puesto en contacto con ella antes de hacerse con su historia. Habían prescindido de ella completamente.

No hacía falta ser muy lista para darse cuenta de que iba a perder el programa.

La razón por la que había ido hasta allí en busca de C.J. había sido para salvar su programa. Lo había encontrado y, aun así, iba a perderlo.

No le quedaba nada.

C.J. le había dicho que fuera quitando la nieve de su coche mientras él iba a por la excavadora para acabar de limpiar el camino de acceso. No quería quedarse sola en la casa y era evidente que C.J. no la quería allí. Por primera vez en días, se había vestido con su ropa y se puso encima el mono de nieve antes de salir. La temperatura seguía siendo suave y la nieve se derretía, por lo que retirarla era un trabajo pesado.

Pero no le importaba. Se concentró en desenterrar las ruedas y, cuando lo logró, empezó a abrir una senda.

Tenía que marcharse, pero con cada pala de nieve deseaba no tener que hacerlo. Si hubiera mantenido la calma en aquel momento de pánico, si hubiera tenido fe en C.J., si hubiera sido de otra manera, lo suficientemente buena para él. Pero no lo había sido, así que siguió excavando. Una vez desenterró su coche y C.J. hubo limpiado el camino, enganchó el coche al tractor y lo sacó. Era la última vez que estaba a solas con él, subida al tractor mientras llevaba su coche hasta la carretera. La tensión se palpaba porque tenía que sentarse en sus rodillas y era evidente que él no quería ni rozarla.

Una vez en la carretera, Natalie se quitó el mono y se lo devolvió. Luego, tomó la estrella que le había hecho.

–Toma, quédatela.

Parecía ofendido.

–No voy a aceptarla de vuelta. Es tuya, pero no la saques en televisión –añadió, y se volvió para marcharse.

–¿C.J.?

164

No podía dejar que aquello terminara así.

C.J. no se volvió, pero sí se detuvo.

–Esta ha sido la mejor Navidad que he tenido nunca.

–Sí, claro –replicó él antes de seguir andando.

Debía subirse al coche y marcharse, pero era incapaz.

–¿C.J.? –volvió a llamarlo.

–¿Qué, Natalie?

Se volvió con los brazos en jarras y la miró.

–Lo siento.

El gesto de su cara cambió, pero desde donde estaba, no supo reconocerlo. Volvió a darse la vuelta y se subió al tractor.

Ella permaneció observándolo hasta que desapareció por la curva del camino de acceso.

C.J. no volvió la vista atrás.

–¿Estás seguro de que estás bien? –le preguntó su madre por enésima vez–. Podemos volver a casa si quieres y pasar por esto todos juntos, cariño.

C.J. contuvo un gruñido. Por fin había decidido afrontar la situación y había hecho una videollamada a sus padres para decirles que se había descubierto el pastel. Amaba a sus padres, pero quería estar tranquilo mientras pudiera. Los mimos de su madre no le harían sentirse mucho mejor.

–Estoy bien –repitió–. ¿Os acordáis de Daniel Lee, uno de mis hermanastros? Ha emitido un comunicado de prensa y se está ocupando de todo.

Ha hablado con él y estamos de acuerdo en que lo mejor es que os quedéis en Arizona hasta que pase la tormenta. Si volvéis ahora a casa, eso solo servirá para añadir más leña al fuego y todo el mundo querrá una entrevista.

C.J. vio cómo su madre se encogía ante la perspectiva de que le hicieran preguntas acerca de Hardwick Beaumont y de lo que había pasado treinta y cuatro años antes. No podía culparla. ¿Quién querría hablar de una aventura que había ocurrido hacía décadas?

Sabía que su madre estaba sufriendo por él y ni siquiera les había contado lo que sentía por Natalie y cómo estaba pagando por su error.

–Hijo –intervino su padre, apareciendo en la pantalla–, haremos lo que quieras. Confiamos en tu buen juicio y si dices que tus hermanos y tú tenéis la situación bajo control, creemos en tu palabra. De hecho, estábamos pensando tomar la caravana e irnos a recorrer Nuevo México. Tu madre quiere conocer Santa Fe.

–Eso sería estupendo –dijo C.J., confiando en que su entusiasmo no pareciera exagerado.

Sus padres pasaban el invierno en Arizona, pero siempre solían hacer algún viaje. Muchos en Firestone sabían que estaban en Firestone, con lo que si se iban a Nuevo México sería más difícil dar con ellos. Pasadlo bien, ¿de acuerdo?

Se despidieron y C.J. apagó el ordenador. Antes o después, su madre querría volver a casa y asegurarse de que estuviera bien.

Pero ya pensaría en eso cuando llegara el momento. En aquel momento, tenía otras preocupaciones más urgentes. Tenía que ir al pueblo a comprar pienso, pero no le apetecía. Le harían preguntas y, tal vez, incluso se encontrara con periodistas. Por un segundo, se preguntó si Natalie seguiría en Firestone, rebuscando en la basura y usando su belleza como arma.

Había sido un idiota. Esa era la única conclusión. Desde el principio, había sabido cómo era aquella mujer y ella misma se lo había advertido. Pero se había dejado llevar por el espíritu navideño, y por sus grandes ojos y su cuerpo cálido. Había llegado a convencerse de que la Natalie mujer era completamente diferente a la Natalie Baker, presentadora de televisión. Siempre había confiado en su intuición, pero era la segunda vez que le fallaba en lo que a mujeres se refería.

Nunca había pretendido ser más que un Wesley, pero todo parecía impedírselo. Daba igual que su padre fuera un buen hombre o que siempre se hubiera esforzado en seguir el ejemplo de su padre. Lo único que parecía importar en aquel momento era que su madre lo hubiera concebido con Hardwick Beaumont.

Incluso había recibido una llamada del patriarca de los Beaumont, Chadwick, dándole la bienvenida a la familia y asegurándole de que contaba con el apoyo de los Beaumont, independientemente del grado de implicación que quisiera. C.J. había sido sincero con su hermanastro mayor al decirle que todavía no sabía qué clase de relación quería mantener con ellos.

Lo que había pasado a continuación aún seguía dándole vueltas en la cabeza. Chadwick se había disculpado por no contactar con él cuando lo había localizado tres años antes.

La noticia de que Chadwick llevaba tres años sabiendo dónde estaba y quién era lo sorprendió. Siempre había pensado que nunca darían con él. Sí, su madre lo había preparado para el día en que los Beaumont lo localizaran y pretendieran algo nefasto, aunque él nunca había creído que eso pudiera pasar.

Pero se había equivocado. Porque Chadwick y Zeb lo habían encontrado, al igual que Natalie. Y si no hubiera sido ella, cualquiera habría acabado dando con él. Ahora se daba cuenta de que su parentesco había sido una bomba de relojería. Todavía estaba tratando de comprender todo lo que estaba pasando.

Miró el árbol de Navidad, el que había ido a cortar para Natalie. No había encendido las luces y se veía triste. Al día siguiente quitaría los adornos y los guardaría en sus cajas. Luego, sacaría el árbol y lo quemaría.

Ese sería el fin de lo suyo con Natalie Baker.

–Siga sintonizándonos en *De buena mañana* para conocer las últimas y sorprendentes revelaciones sobre la familia Beaumont –dijo la presentadora sonriendo a la cámara.

C.J. gruñó. Se estaba torturando viendo a Natalie, aunque en parte lo hacía por su propio interés. Tenía que conocer qué se decía él. ¿Se daría a conocer su vida sexual? ¿Había hecho más fotos de él o de su casa? ¿Mostraría a la cámara la estrella que le había hecho? ¿Aparecerían en televisión sus vecinos y amigos, diciendo que nunca habrían imaginado que era un Beaumont?

Tenía que estar prevenido, aunque no dejaba de ser una forma de masoquismo.

Habían pasado seis días desde que Natalie se había ido de su casa. Seis largos días en los que había recibido una avalancha de correos electrónicos y llamadas. Después de sacar su coche hasta la carretera, las temperaturas habían bajado y todo se había helado, así que, por suerte, no había tenido visitas. Las carreteras estaban demasiado resbaladizas como para ir hasta allí, aunque era consciente de que eso cambiaría pronto.

Vaya. Habían preparado su propio árbol genealógico. Los bastardos perdidos Beaumont aparecían en gris y rojo, los colores de la cervecera.

Aquello le superaba, dejándole tan solo una opción. Tomó el teléfono y llamó a Daniel Lee.

—Supongo que lo estás viendo —dijo Daniel sin más preámbulo, nada más descolgar.

Daba igual a la hora que llamara. Daniel siempre contestaba al primer timbre y siempre estaba viendo lo mismo.

—¿Es que no va a terminar nunca?

Natalie tenía material suficiente para alargar

aquello todos los meses que quisiera, aunque lo cierto era que no había dado demasiados datos en los programas que había visto. Era una cuestión de tiempo.

–Ya verás que sí. Hace solo una semana que eres conocido. Además, es Nochevieja. Te aseguro que esta noche alguien hará algo que resultará más interesante que tú.

–¿Eso crees?

–Sí. Sinceramente, nunca había conocido a alguien tan aburrido como tú.

C.J. rio.

–Gracias, aunque no sé si debería dártelas.

–Lo digo sin ánimo de molestar. Llevas una vida anodina y eso no le interesa al público, ya lo verás. Dale una o dos semanas más y ya lo verás.

C.J. deseaba desesperadamente creerlo, pero le costaba. Natalie lo conocía muy bien.

–¿De verdad crees que debería comparecer en público?

Durante la última semana, Daniel había estado insistiendo en que lo hiciera. De esa manera, la gente se daría cuenta de lo aburrido que era y, sin misterio, se perdería el interés en él.

–Por supuesto. ¿Por qué, acaso has cambiado de opinión?

–Sí –respondió sintiéndose derrotado–. ¿Qué otras opciones hay?

–Hay tres posibilidades, aunque estoy abierto a cualquier sugerencia. Primero, daremos una rueda de prensa.

–¿Como la que dio Zeb en la entrada de la cervecera Beaumont? No.

No tenía ningún interés en comparecer ante una manda de periodistas sedientos de sangre y soportar sus ataques.

–No he dicho que fuera la mejor idea. También puedes venir a Nueva York y asistir a alguna fiesta de fin de año. Se me ocurren tres en las que la cobertura periodística no resultará agobiante.

C.J. frunció el ceño.

–Ese no es mi estilo, aunque es preferible a una rueda de prensa. ¿Cuál es la tercera opción?

–La familia Beaumont va a dar una fiesta el día de Reyes, el seis de enero. Los asistentes serán básicamente familia y amigos íntimos. Podríamos invitar a uno o dos periodistas. Tendrías que darles una breve entrevista y sonreír para las fotos. La idea es que nos vean como una gran familia feliz.

–¿Yo no sería el centro de atención?

No tenía ningún interés en ser el protagonista de la historia en la que los Beaumont le dieran la bienvenida a la familia.

–Creo que se darán a conocer algunos asuntos durante la fiesta, así que no creo que seas el foco de atención durante mucho tiempo.

C.J. se quedó pensativo. Después de tantos años, por fin iba a asumir que era un Beaumont. Iba a unirse a ellos. Y, con un poco de suerte, enseguida se vería eclipsado por otros asuntos.

–De acuerdo.

Después de otra larga pausa, Daniel habló.

–¿Tienes alguna idea de cuáles van a ser esas últimas y sorprendentes revelaciones?

C.J. contuvo un gruñido. No quería pensar que fuera su vida sexual.

–Ni idea –mintió, y sintió que el músculo del mentón se le encogía.

Aquello le hizo pensar en Natalie de nuevo. Ni siquiera su madre se había dado cuenta de que tuviera un tic. Natalie había visto en él mucho más que cualquier otra persona.

–¿Has podido hablar con ella?

Esa era una de las cosas que Daniel hacía, hablar con los medios de comunicación y, en palabras de Natalie, reconducir las informaciones. Natalie formaba parte de aquellos medios de comunicación.

–No contesta a mis llamadas. Aunque te digo una cosa: es una gran periodista de investigación.

–¿Ah, sí? Bueno, supongo que por eso dio conmigo.

–No solo dio contigo –dijo Daniel–. Antes, estuvo indagando sobre mí.

C.J. frunció el ceño. Natalie no le había contado nada de eso. Claro que tampoco le había contado mucho de nada.

–¿Y te encontró?

–No, tengo muchos cortafuegos. Aunque estuvo lo suficientemente cerca como para que saltaran algunas alarmas.

–¿Tuviste… algo con ella?

–No, las rubias no son mi tipo. Además, hay que saber mantener a los amigos cerca y a los enemigos alejados. Si pudiera, la contrataría. Es lista además de guapa. Podría robar un banco e irse de rositas.

C.J. empezó a reír.

—¿Qué?

—Le dije lo mismo. No creo que aceptara trabajar para ti. Ese programa es lo más importante del mundo para ella.

Más importante de lo que él había sido.

—Bueno, si hablas con ella, dile que pago bien.

Había un extraño tono en aquel comentario y C.J. se recordó que apenas conocía a Daniel. Aunque al parecer nadie sabía mucho de él con todas aquellas medidas de seguridad.

Probablemente le estaba dando demasiadas vueltas. Daniel era el vicepresidente ejecutivo de la cervecera Beaumont. Tener a su lado a alguien tan cualificado como Natalie, seguramente sería un golpe maestro.

—No creo que volvamos a vernos, aunque si tengo oportunidad, se lo diré.

—Gracias —dijo Daniel—. Te mandaré la invitación para la fiesta.

Terminaron la llamada justo en el momento en que el presentador de las noticias de la mañana daba paso al programa de Natalie. La melodía de cabecera y los créditos aparecieron en pantalla y allí estaba ella, sonriendo a la cámara como cada mañana. Si no hubiera pasado tanto tiempo con ella, no se habría dado cuenta de que había algo diferente en ella.

Aunque se la veía sonriente y contenta, sus ojos

estaban tristes. Quizá fuera así como salía siempre en televisión, aunque él sabía distinguir cuándo estaba contenta, triste o excitada. Odiaba darse cuenta de la diferencia y, sobre todo, que eso le importara. No era culpa suya que tuviera aquella expresión en sus ojos. Todo aquello lo había provocado ella.

No quería oír lo que tenía que decir, pero tampoco podía apartar la vista.

–Buenos días, Dénver.

A pesar de que miraba directamente a la cámara como cada mañana, había algo diferente. Parecía tensa. Dios mío, ¿sería eso? ¿Estaría a punto de hacer pública su vida sexual?

–Este va a ser mi último día en *De buena mañana*. He decidido dejar la televisión. Recientemente, he puesto en peligro no solo mi credibilidad como periodista, sino mi propio código de honor. Hice una foto de alguien a quien aprecio y la subí a internet sin su consentimiento. Aquí en *De buena mañana*, nos gusta mantener una conducta respetuosa. Quería aprovechar para agradecer a todos y cada uno de ustedes por sintonizarnos y seguirme en las redes sociales. Voy a limitar también mi presencia en internet y, en cuanto tenga algún proyecto a la vista –dijo, y tragó saliva antes de continuar–, lo comunicaré para que lo sepan mis seguidores.

–Mentirosa –murmuró.

¿Hablaba en serio? ¿De veras iba a dejar el programa? ¿Por qué? ¿Por él?

Su corazón comenzó a latir desbocado. Temía

estar alucinando. Se había hecho demasiadas ilusiones después de hablar con Daniel.

Entonces, Natalie miró fijamente a la cámara y siguió hablando.

–A C.J. Wesley y a toda la gente de Firestone: lo siento. Mi error ha sido prestar más atención a los comentarios que a mi familia y amigos. Así que, con la llegada del nuevo año, este programa continuará con un nuevo presentador, un hombre que ya conocen, Kevin Durante y –dijo, y volvió a tragar saliva–, creo que les va a gustar. Desde el uno de enero, mañana mismo, espero que sintonicen para ver *De buena mañana con Kevin Durante*. Gracias por haberme permitido formar parte de sus vidas durante los últimos siete años. Les deseo a todos un muy feliz año nuevo.

El programa se fue a publicidad, pero C.J. ni se dio cuenta. ¿Qué había sido eso? ¿Era esa la sorprendente revelación que habían anunciado? ¿Qué pasaba con sus habilidades en la cama y las entrevistas a sus antiguas novias?

Natalie había dejado su trabajo por él. No se lo había pedido, de eso estaba seguro.

Su móvil se iluminó.

¿Eso es bueno o malo? Preguntaba Daniel en un mensaje.

Supongo que bueno.

¿Estás seguro de que no vas a volver a verla?

No tengo ni idea . Se sinceró C.J.

Aunque estaba pensando que tal vez…

Quizá la viera antes de lo que esperaba.

Podía subirse a su camioneta y, suponiendo que todo fuera bien, estar en Dénver en una hora. No le sería difícil encontrar la dirección de los estudios en internet. Llegaría a tiempo de verla antes de que terminara el programa y recogiera las cosas de su mesa.

Bueno, si la ves, mi oferta de trabajo sigue en pie. Háblale bien de mí.

C.J. ni se molestó en contestar. Ya estaba de pie y poniéndose el chaquetón de piel de borrego. Se esperaba que empezara a nevar en cualquier momento, pero le daba igual. Tenía que llegar a Dénver cuanto antes.

Abrió la puerta y salió corriendo por el porche, pero al momento se detuvo en seco. Había un Mustang rojo acercándose por el camino de acceso.

Capítulo Trece

Una extraña sensación se apoderó de Natalie al volver a aquel lugar. Hacía una semana que se había ido de allí, pero parecía haber pasado mucho más tiempo.

No estaba segura de que lo que estaba haciendo fuera lo correcto. Por un lado, se sentía paralizada por el miedo. Había dejado su trabajo y no había vuelta atrás. Seguramente la criticarían, pero esta vez ni se enteraría.

¿Y por otro? Al salir de la curva, apareció la casa de C.J. Le daba igual lo que los demás pensaran. Solo le preocupaba una persona: C.J. Le había hecho daño y esperaba poder arreglar las cosas, aunque no estaba segura de que fuera posible. Aun así, estar allí por él y no por las audiencias le hacía sentirse liberada.

Según se acercaba a la casa, vio la puerta abrirse y a C.J. saliendo a la carrera. Parecía fuera de sí y, por un momento, pensó en dar la vuelta. Quizá no había sido una buena idea haber ido hasta allí. Estaba loca si pensaba que iba a aceptar una disculpa.

Al verla, se detuvo en seco y se quedó mirándola mientras salía del coche. Durante largos segundos, ninguno de los dos dijo nada. Teniendo en cuenta la situación, quizá fuera positivo.

Al menos, no le estaba diciendo que se marchara.

–Estás aquí. Pensaba que estarías en los estudios. ¿Tu programa?

–Lo grabamos hace un par de días.

Había pasado los dos últimos días considerando la idea de volver y dar marcha atrás en su decisión. Al fin y al cabo, el programa todavía no se había emitido.

En cualquier caso, Steve no la querría de vuelta. Kevin tenía un nuevo programa y Steve estaba ilusionado ante la perspectiva de recuperar la audiencia.

Además, no la echarían de menos, aunque eso era lo de menos. Lo más importante era que ella no los echaría de menos. Había sido todo un descubrimiento y no lo habría sabido de no haber sido por el hombre que tenía delante.

Había echado de menos a C.J. y esperaba que él a ella también.

–Yo… Te he traído un regalo de Navidad.

Respiró hondo y se preparó para lo peor. Si estaba decidido a echarla, lo haría en aquel momento.

–Ya ha pasado Navidad –dijo, mirándolo como si fuera un fantasma.

–Lo sé –replicó–. Toma.

Se sacó el teléfono del bolsillo y se lo ofreció.

C.J. se quedó mirando el lazo rojo que le había puesto y que no ocultaba la pantalla rota.

–¿Qué demonios le ha pasado a tu teléfono?

Tenía que mantener la calma y seguir respirando con tranquilidad. Sería una tontería desmayarse en aquel momento.

–Le he dado un hachazo, después de borrarme de todas las redes sociales. Aparte de unas cuantas fotos, no había nada en él que quisiera guardar.

–No te pedí que dejaras las redes sociales. No tenías que hacerlo por mí.

–No lo he hecho por ti, sino por mí. Seguramente volveré a darme de alta, pero esta vez será a mi manera. Necesito… No lo sé. Necesito dejar toda esa negatividad a un lado y empezar de nuevo.

C.J. se había quedado con la boca abierta, mirándola alternativamente a ella y a su móvil. Natalie bajó la mirada.

–¿Y los números de teléfono que tenías guardados, tus contactos?

Ella se encogió de hombros.

–He dejado mi trabajo.

Él avanzó un paso hacia ella.

–Lo he visto. Y también tu disculpa.

–Hablaba en serio. Cometí un error, C.J. Me dejé llevar por el pánico. Debería haber tenido fe en ti. Tú eres real, eres un hombre honesto y decente, y pocas personas conozco como tú. Por eso no he sabido cómo actuar.

Al ver que no decía nada, alzó la vista y lo miró. Había cerrado la boca, pero tenía la cabeza ladeada y la miraba confundido.

–Hice lo que cualquiera hubiera hecho en mi lugar.

–No, no es cierto, ¿no te das cuenta? Nunca había conocido a nadie como tú. No sabes lo especial que eres y…

–Te fallé –prosiguió Natalie, interrumpiéndolo–. Lo he estropeado todo.

Cerró los ojos con fuerza para evitar hacer el ridículo, como empezar a llorar.

–¿Quién te ha dicho eso?

Se puso colorada desde las orejas a la punta de los pies. Aquel era su recuerdo más doloroso.

–Mi madre.

Si hubiera sido otra persona, no se lo habría contado. Pero le había pedido que fuera sincera y lo único que podía ofrecerle era la verdad.

–Creo que tenía seis años y Santa Claus no me había traído lo que había pedido. Tuve una rabieta y me dijo que era una quejica consentida, que lo había estropeado todo, su cuerpo, su matrimonio, su carrera, la Navidad. Había estropeado la Navidad –explicó, y se abrazó por la cintura–. Entonces se marchó y nunca más volví a verla.

C.J. volvió a quedarse boquiabierto. No sabía lo afortunado que era al tener unos padres que lo amaban y protegían.

–¿Y tu padre?

Natalie se encogió de hombros.

–Lo había estropeado todo, así que dejamos de celebrar la Navidad. Creo que nunca me lo ha perdonado –dijo irguiéndose y poniendo buena cara–. No he guardado su número en mi teléfono nuevo. Cada año lo llamo y cada año me resulta más doloroso. Voy a dejar de intentar agradar a otras personas. No sirve para nada.

–Claro que sí. Tenías seis años –terció C.J., y avanzó otro paso hacia ella–. Y no has estropeado nada, Natalie. No quiero volver a oírte decir eso.

Ella volvió a cerrar los ojos.

–He estropeado lo nuestro. Me devolviste el teléfono y al momento, hice una foto. No pensaba subirla, solo quería un recuerdo de la mejor semana de mi vida. Pero luego mi padre volvió a decirme que le había estropeado las Navidades y que lo dejara en paz, así que me asusté. Me asaltó la sensación de que no sería nadie si perdía el programa.

–Natalie…

Ella sacudió la cabeza.

–No te estoy contando esto para que sientas lástima por mí. Solo quiero que entiendas que estaba intentando encontrar un equilibrio entre lo que querías y en lo que pensaba que yo quería. Por eso hice la fotografía de Santa, porque me parecía la manera más rápida de que nuestros mundos se encontraran. Pero me equivoqué, lo siento.

C.J. la envolvió en sus brazos, pero ella no le correspondió. No quería que creyera que lo necesitaba.

–Mi madre teme a los Beaumont. Siempre supe que Hardwick era mi padre biológico porque me decía que si algún día venía a buscarme, saliera corriendo o me escondiera. Los Beaumont eran peligrosos y tenía que protegerme de ellos.

Ella se recostó en sus brazos y lo miró.

–¿De verdad? Bueno, tiene sentido. Después de divorciarse, siempre se quedaba con sus hijos –observó y se apartó de él, incapaz de pensar entre sus brazos–. De todas formas, Hardwick está muerto.

Por primera vez, él sonrió.

–Lo sé, pero creo que no lo tenía asimilado. El miedo a los Beaumont estaba tan arraigado en mí que, incluso después de su muerte, seguí escondiéndome. Pero son gente normal –dijo C.J., y le apartó un mechón de pelo de la mejilla–. Voy a ir a la fiesta que dan el día de Reyes. Hablaré con un par de periodistas y procuraré ser todo lo aburrido que pueda, a ver si el interés por mí decae.

–¿Que vas a hacer qué?

–A mi madre sigue sin gustarle la idea. No quiere que se hable de un error que cometió hace tanto tiempo. Pero no tendré que seguir escondiéndome –señaló–. Todos cometemos errores, Natalie. Lo que cuenta es la manera en que los resolvemos.

Esta vez fue ella la que lo abrazó.

–No sé si debería disculparme por haber dado contigo. Si no lo hubiera hecho, nada habría cambiado. Seguiría haciendo un trabajo que no me agradaba y tú…

No supo cuánto tiempo permanecieron así, pero después de un rato, empezó a tener frío. Esta vez, había elegido ropa más adecuada para la situación. Llevaba vaqueros, jersey de cuello vuelto y botas. Seguían fuera y la temperatura estaba bajando.

No se había dado cuenta de que se seguía sujetando el teléfono hasta que él se lo quitó de la mano. C.J. miró el aparato como si no acabara de creer que lo había destrozado. Luego lo lanzó al aire.

–¿Qué vas a hacer ahora?

–¿Sinceramente? Ahora que me he quedado sin trabajo, creo que voy a vender mi apartamento. Es la casa de Natalie Baker y ya no soy esa persona. Aunque no sé hacer otra cosa. Llevo toda la vida fingiendo ser alguien que no soy –dijo, y se encogió de hombros–. Estoy perdida –añadió y, al ver que levantaba las cejas, rápidamente se apresuró a añadir–: No, no he venido buscando un sitio donde quedarme. Tan solo quería disculparme.

C.J. se quedó pensativo.

–Disculpa aceptada. Yo también lo siento.

Esta vez fue ella la que se quedó mirándolo fijamente.

–¿Cómo? ¿Por qué? No has hecho nada mal. Todo ha sido culpa mía.

–Creo que ser un Beaumont no es tan grave. De repente, voy a pasar de ser hijo único a tener un montón de hermanos que quieren conocerme. Tampoco es que esté encantado, pero... Siempre tenía esa horrible sensación, pero estoy comprobando que no era para tanto. Así que cuando descubrí que habías hecho esa fotografía, me comporté como si hubieras arruinado mi vida. Y no estoy orgulloso de la manera en que me comporté contigo. No hay nada que hayas estropeado.

Natalie sintió un nudo en la garganta. Era muy amable por su parte decir aquello, pero ambos sabían que no era verdad.

–Me alegro de oír eso.

Quizá no hubiera arruinado su vida, pero estaba convencida de que no había esperanza para lo suyo.

Decidió que debía marcharse y, al girarse, un copo de nieve le cayó en la mejilla. Estaba empezando a nevar.

–¿Adónde vas? –preguntó C.J., bloqueándole el camino de vuelta al coche.

–Tengo que irme antes de que el tiempo empeore.

–No.

–¿Qué?

C.J. se quedó mirándola.

–No te vayas. Quiero que te quedes. Es Nochevieja –dijo, y respiró hondo antes de tenderle la mano–. Quiero que te quedes conmigo.

–C.J., no puedes hablar en serio. ¡Lo he estropeado todo! Te hice una foto y la subí a las redes sociales, ¿te acuerdas?

Lo cierto era que nunca lo había visto tan serio. C.J. Wesley no era amigo de juegos. Siempre cumplía lo que decía.

Él miró hacia donde había ido a parar su teléfono móvil, a unos cinco metros de donde estaban.

–Si, pero no quiero pensar en lo que hiciste. En

vez de eso, voy a pensar en que no volviste corriendo a Dénver a contar mis secretos. Excepto por esa foto, no contaste nada de mi pueblo.

–Pero eso no pone fin al asunto. Otros periodistas seguirán indagando, y todo por mi culpa.

Él se encogió de hombros como si no fuera para tanto.

–Todo esto pasará. No soy solo yo contra los Beaumont, son los Beaumont contra el mundo. Tengo una familia que va a estar a mi lado y eso es algo que te debo –afirmó sonriendo, mientras le quitaba un copo de la mejilla–. Además, tengo un trabajo para ti.

–¿Un trabajo? ¿Hablas en serio?

–Hablas de ti como si fueras una inútil, pero no es eso lo que veo. Yo veo a una mujer inteligente y guapa, con un gran potencial que todavía no ha sido aprovechado pero que está ahí. Y lograste algo que muy poca gente había conseguido: me encontraste.

–Pero eso no significa que esté cualificada para trabajar en un rancho.

Si era su manera de pedirle que se quedara…

Sería tentador. Cuando había quedado allí atrapada con la nevada, había deseado por encima de todo que aquel tiempo no terminara nunca.

Pero no estaba hecha para vivir en un rancho. Ni siquiera sabía cocinar. Lo único que tenía a favor era que estaba acostumbrada a levantarse temprano, pero eso no era suficiente.

–Sí, ya sé que los caballos no se te dan bien –dijo

C.J. sonriendo–, pero es Daniel Lee quien está interesado en contratarte. Se quedó impresionado de hasta dónde llegaste para conseguir información sobre él. Dice que eres brillante y muy perseverante. Además, sabes tratar con los medios. Si te interesa, puedo llamarlo ahora mismo.

Natalie se quedó con la boca abierta, mirándolo.

–Mientes.

–Te lo prometo.

La nieve seguía cayendo. C.J. tenía el pelo blanco y copos por la barba. Las carreteras estarían resbaladizas y su Mustang no estaba mejor equipado que hacía dos semanas.

–Tampoco miento cuando digo que quiero que te quedes –dijo avanzando hasta ella y quitándole los copos de los hombros–. Me has hecho darme cuenta de que puedo ser un Beaumont a la vez que un Wesley.

–Pero ¿no te das cuenta? He estropeado…

–No, no has estropeado nada. Has cambiado las cosas –dijo, y se inclinó para apoyar la frente en la suya–. Has hecho que cambiara a mejor.

–¿Cómo puedes decir eso?

Aquello no tenía sentido. Le había hecho daño y lo sabía.

–Porque es la verdad, cariño. Acepto tus disculpas, te perdono y espero que tú me perdones por haber exagerado.

Esta vez, Natalie no pudo contener las lágrimas. Había ido hasta allí para disculparse y él la estaba perdonando.

Se daba cuenta de que tenía razón. Era tan solo una niña cuando había tenido aquella rabieta. Seguramente, todos los niños tenían alguna en un momento dado. No había sido culpa suya que su madre se hubiera marchado. Sus padres no debían de estar en su sano juicio si no habían sido capaces de lidiar con una niña pequeña.

–Por supuesto que te perdono –dijo con voz temblorosa.

Lo rodeó por la cintura y lo estrechó con fuerza.

–Esto no se me da muy bien, C.J., pero lo estoy intentando. Todo esto es nuevo para mí, pero quiero…

Lo quería todo y, a pesar de lo que él dijera, no estaba segura de merecérselo.

C.J. la hizo levantar la barbilla para que lo mirase a los ojos.

–Sé sincera, Natalie. La verdad, eso es lo único que siempre he querido de ti.

–Tú también me has hecho cambiar. Has hecho que me diera cuenta de que puedo resultarle interesante a alguien. Has hecho que quiera ser lo suficientemente buena para ti.

–Lo eres, eres perfecta para mí. Quiero que te quedes –susurró, rozándola con sus labios–, que te quedes para siempre.

–¿Qué?

–Te quiero –dijo muy serio–. Casémonos, Natalie.

Natalie tomó su rostro entre las manos.

–¿Quieres casarte conmigo?

–Sí. Confío en mi intuición –respondió él, y ningún músculo de su cara se movió, salvo los necesarios para sonreír–. ¿Y tú? ¿Es lo que quieres?

–Sí –susurró.

Justo en aquel momento, comenzó a nevar con más fuerza. C.J. la tomó en sus brazos y la besó mientras daban vueltas.

Era Nochevieja, época de esperanza y nuevos comienzos y, quizá por primera vez, podía permitirse hacerse ilusiones.

C.J. miró al cielo.

–Puede que nos caiga una buena nevada.

–Después de la última vez, decidí llevar siempre en el coche ropa para una semana.

C.J. rio y Natalie lo imitó.

–Vamos. Recibamos el Año Nuevo como es debido.

–Prométeme que siempre celebraremos la Navidad –dijo, apoyándose en él mientras se dirigían a la casa.

Él se volvió y la besó con fuerza.

–Siempre –susurró junto a sus labios.

Durante el resto de sus vidas, siempre llevarían la Navidad en sus corazones.

Bianca

**Solo quería una esposa,
pero algo vibró en su oscuro corazón…**

Fríamente despiadado y profundamente cínico, Apollo Metraxis era uno de los solteros más cotizados del mundo. Pero, cuando descubrió que el testamento de su padre lo obligaba a casarse y tener un hijo para recibir la herencia, Apollo se vio empujado a hacer algo impensable.

La sencilla Pixie Robinson era una mujer a la que Apollo no hubiese mirado dos veces, pero las deudas que había contraído su hermano la convertían en una mujer maleable y por tanto candidata a ser su esposa. Sin embargo, descubrir la inocencia de Pixie durante la noche de bodas tocó una escondida fibra en su oscuro corazón y Apollo se vio obligado a recapacitar.

Y eso fue antes de descubrir que Pixie estaba esperando no solo uno sino dos herederos de la familia Metraxis.

HIJOS DEL INVIERNO

LYNNE GRAHAM

Acepte 2 de nuestras mejores novelas de amor GRATIS

¡Y reciba un regalo sorpresa!

Oferta especial de tiempo limitado

Rellene el cupón y envíelo a
Harlequin Reader Service®
3010 Walden Ave.
P.O. Box 1867
Buffalo, N.Y. 14240-1867

¡Sí! Por favor, envíenme 2 novelas de amor de Harlequin (1 Bianca® y 1 Deseo®) gratis, más el regalo sorpresa. Luego remítanme 4 novelas nuevas todos los meses, las cuales recibiré mucho antes de que aparezcan en librerías, y factúrenme al bajo precio de $3,24 cada una, más $0,25 por envío e impuesto de ventas, si corresponde*. Este es el precio total, y es un ahorro de casi el 20% sobre el precio de portada. ¡Una oferta excelente! Entiendo que el hecho de aceptar estos libros y el regalo no me obliga en forma alguna a la compra de libros adicionales. Y también que puedo devolver cualquier envío y cancelar en cualquier momento. Aún si decido no comprar ningún otro libro de Harlequin, los 2 libros gratis y el regalo sorpresa son míos para siempre.

416 LBN DU7N

Nombre y apellido	(Por favor, letra de molde)

Dirección	Apartamento No.

Ciudad	Estado	Zona postal

Esta oferta se limita a un pedido por hogar y no está disponible para los subscriptores actuales de Deseo® y Bianca®.
*Los términos y precios quedan sujetos a cambios sin aviso previo.
Impuestos de ventas aplican en N.Y.

Bianca

**Siempre había obedecido a todos.
Había llegado el momento de rebelarse.**

Tienes un nuevo mensaje…

Escucha lo que voy a decirte, Catalina: puede que seas una princesa, puede que lleves mi anillo, puede que te hayas llevado doscientos mil euros míos… pero el hijo que crece en tu vientre es mío, y voy a encontrarte.

Catalina nunca se había salido del camino trazado hasta que aquella noche robada en Navidad, una noche de pasión irrefrenable con el millonario francés Nathaniel Giroud, cambió su vida para siempre.

Ahora, oculta en los Pirineos, Catalina estaba decidida a proteger a cualquier precio al bebé que crecía en su interior y a ahorrarle una insoportable vida entre la realeza. ¡Aunque para ello tuviera que desafiar al marido que tan desesperadamente ansiaba!

LA PRINCESA REBELDE

MICHELLE SMART

Luna de miel en Hawái
Andrea Laurence

Cuando Lana Hale le pidió al magnate hotelero Kal Bishop que se casara con ella, él se sintió incapaz de defraudar a su amiga. Para evitar que trasladaran a la sobrina de Lana a un hogar de acogida, Lana necesitaba un marido.

Antes de que se dieran cuenta, el papel de enamorados que estaban interpretando se volvió real, y cuando ya no había necesidad de que siguieran adelante con la farsa, Kal se vio perdiendo a una esposa a la que ni siquiera sabía que deseaba. ¿Se arriesgaría ahora el reticente esposo a hacer su propia proposición de matrimonio?

El lujoso hotel hawaiano se convirtió en escenario de una luna de miel inesperadamente apasionada…